梦女 Y/N
ESTHER
YI

［美］埃丝特·李 著
张悠然 译

中信出版集团｜北京

图书在版编目（CIP）数据

梦女 /（美）埃丝特·李著；张悠然译. -- 北京：
中信出版社，2024.7（2024.10重印）
书名原文：Y/N
ISBN 978-7-5217-6496-3

I. ①梦… II. ①埃… ②张… III. ①长篇小说－美国－现代 IV. ① I712.45

中国国家版本馆 CIP 数据核字（2024）第 070316 号

Y/N by Esther Yi
Copyright © 2023 by Esther Yi
Published by special arrangement with Astra Publishing House in conjunction with their duly appointed agent 2 Seas Literary Agency and co-agent CA-LINK International LLC.
Simplified Chinese translation copyright © 2024 by CITIC Press Corporation
ALL RIGHTS RESERVED
本书仅限中国大陆地区发行销售

梦女
著者：　　［美］埃丝特·李
译者：　　张悠然
出版发行：中信出版集团股份有限公司
　　　　　（北京市朝阳区东三环北路 27 号嘉铭中心　邮编　100020）
承印者：　河北鹏润印刷有限公司

开本：880mm×1230mm 1/32　　印张：7.5　　字数：110 千字
版次：2024 年 7 月第 1 版　　　　印次：2024 年 10 月第 2 次印刷
京权图字：01-2024-2178　　　　　书号：ISBN 978-7-5217-6496-3
定价：49.80 元

版权所有·侵权必究
如有印刷、装订问题，本公司负责调换。
服务热线：400-600-8099
投稿邮箱：author@citicpub.com

目录

001　　第 1 章　男孩们

021　　第 2 章　复杂的人

043　　第 3 章　花楼

063　　第 4 章　无限的否定

081　　第 5 章　真实的生活

099　　第 6 章　在宇宙中心

123　　第 7 章　地球上的 Moon 之子

141　　第 8 章　派拉贡广场

163　　第 9 章　庇护所

183　　第 10 章　亲缘

203　　第 11 章　修理工

221　　第 12 章　纯粹的未来

第 1 章 男孩们

屏幕上的他,鼻尖挂着一滴晶莹的汗珠,舞台上的他,只是一个隐约的渺小身影。我不知道我更渴望哪一个他,是清晰的影像,还是模糊的现实。

男孩们在首尔发行他们的第一张专辑,已是两年前的事了。如今,他们在世界各地的商业场馆和奥林匹克体育场开办演唱会,门票一售即空。我很了解他们惊人的人气,也清楚他们的新歌MV首发甚至在太平洋某座岛屿上引起了一场波及全岛的大停电。我知道这些男孩是表演者,他们在演唱会上展现的超自然魅力,足以颠覆粉丝的日常生活,令她摆脱萎靡的日子,而陷入一场永恒的人生动荡。我也知道这些男孩通晓人心,他们戳穿这世界滑稽的假面,又为粉丝提供在这场骗局中生存下去的唯一机会。

以上,就是我在听了维芙拉连讲几小时之后,对该男团的全部理解。作为维芙拉的室友,我自然成了她努力"传教"的对象。只是她越是想让我爱上男孩们,我就越反感。我明白,他们在粉丝中唤起的可观的集体意识,不过是一种吸引更多粉丝的策略。这种集体意识只会亵渎我对爱的基本观念。只有那些能让我保持隐秘、好斗、严苛的个性,那些令我对自己产生道德上的挫败感、对他人造成阻碍的人和事,才配得上我的爱。所以,当维芙拉敲开我的房门,宣告她的朋友不巧生病,空出一张男孩们的首场柏林演唱会的门票时,我是拒绝的。

"这会是一场改变你人生的演唱会,"她说,"我敢肯定。"

"我不想改变我的人生,"我说,"我希望人生能停在一个地方,保持一个样子。"

维芙拉睁大眼睛,假装同情地看着我。自我这个陌生网友搬进她的公寓以来,她就不知疲倦地关怀我,而我则不断回避,渐渐地,我们为期一年的同居生活已经生出一种几乎可以称之为友谊的质地。我最害怕的不是死亡,也不是全球性的大灾难,而是我为灵魂树立的庄严丰碑,正被每日的妥协一点一点地瓦解。我的精神括约肌死死地收紧,以防一切低俗和愚蠢入侵。不过,维芙拉在无意中训练了我的自我界定能力,对此我不禁生出一丝感激。我把目光移回到面前桌子上摊开的那本书上。

"你看起来像是个学者，"维芙拉说，"可你并不是。"

"谢谢。"我开心地回应。

"我的意思是，你没有把书上读到的东西用起来。去教书怎么样？你可以去塑造年轻人的思想。"

"怎么塑造？我连自己的思想都塑造不了。"

"如果男孩们都像你这么想，就不可能成为现在的他们了。"维芙拉说道，"他们对自己的天赋有着不可动摇的信念，也无惧在他人的生活中留下印记。"

她闭上眼睛，沉浸在对偶像的崇拜之中。再次睁开眼时，她的脸上浮现傲慢的微笑，仿佛她刚刚去了一处我不曾了解的地方。而现在她回归正常，回归我们所共有的这个平淡乏味的世界，这让我感到一种信仰上的挫败。那时我意识到，如果我还不曾跟随维芙拉前往另一个地方，只能是因为我明白，自己可能再也无法回来。我感到的不是厌恶，而是恐惧，恐惧自己会堕落至面目全非。我为自己的怯懦感到气恼，又受一种反常的好奇心驱使，我生平第一次想知道，爱上这些男孩是种怎样的体验。

两个小时后，我随着维芙拉进入了拥挤的演唱会场。我们的座位靠近末排，只能望到舞台的一小部分，迫使我看向舞台后方的屏幕。巨大的屏幕如同一座侧翻的柏林公寓，正无比清晰地展现舞台上发生的一切——五个男孩低着头，双手相握，置于腹部，似乎只是无意间落到了台上。从我的位置望去，他们的身体如米粒般大小，难以想象他们的肉身要如何在自己巨大的影像之下安然度过整夜。成千上万的女孩爆发出尖叫声。我想起维芙拉提过，在这几个男孩的演唱会上，耳膜破裂的事件越来越多，经纪公司甚至要提示粉丝们使用耳塞。我环顾四周，没有一个粉丝戴耳塞。她们在和男孩们呼吸着同一方空气，这一刻，必须用上全部感官去体验才行。

男孩们依旧低着头，站成一排，像是刚被斥责过。他们的着装始于黑色的德比鞋，往上是黑色的长裤，接着是彰显不同个性的上衣。每个男孩都以天体为名，不必说，没有人是"Earth"（地球）。我不知道他们各自的名字，维芙拉一遍又一遍地大声呼喊着五个男孩的名字，确保每个名字喊到的次数一样多，不偏袒任何一个。

一视同仁不是我的风格。我已然认定，那个站在最左侧的男孩最令我心神不宁。他穿着一件粉色的丝质衬衫，宽大的袖口遮住他的双手，仅露出拼命拽着袖口褶边的指尖，仿佛随时要从衬衫里飞出来。他的头发是一种特别的金色，完美衬出他的肤色，自然得像是头顶上生出的另一片皮肤。他抬起头，露出一张寡淡的脸，略显扁平，眼睛细长，像是百叶窗上板条之间的空隙。这种平淡似乎是一种精心设计的策略，以突显他那道炽烈的目光，而这目光又与他苍白冰冷的气质格格不入。他以一种近乎不现实的姿态站在那里：身体保持笔挺，脖子却向前伸出，偏转出难以置信的角度，仿佛属于另一具身体。真正令我不安的是他的脖子，优美、修长，我能想象那脖子下紧裹着的那块肌肉，是如何沿着这具身体一直向下滑，延伸至隐秘的腹股沟，我想象它在那里陡然翻转出来，化为阴茎。

舞台灯光转为红色，闪烁间变幻出一个全新的星座，在男孩们的脸上投下长长的阴影。音乐响起——猛烈的打击乐裹挟着无调性合成器的声音，男孩们突然跳起舞来。维芙拉说他们从不用伴舞。对他们来说，那不过是借一群相貌平平的男孩衬托自己的低劣手段。所以此刻，在偌大的黑色舞台上，只有五个孤独又渺小的身影。他们面对面站成一圈，一个无形的能量球在彼此间传递。当副歌达到令人兴奋的高潮时，他们转过身，猛地伸出双臂，手掌向上，像是要把光彩的能量献给周围的一片虚空。

男孩们唱道：

"在这星球上，死亡意味着什么？孤独，绝望，困惑。

每个人只是星系里的一粒尘埃。在这星球上，活着意味着什么？创造，欲望，碰撞。每个人也是尘埃里的一个星系。"

我记得维芙拉说过，很多夜里，男孩们都要完成严格的体能训练。洗漱完毕后，他们便会聚在客厅里学习艺术和文学经典。就像是文明更迭，男孩们也会随着每张专辑进入一个崭新的时期。为了为新一时期做准备，他们仔细研读了索福克勒斯戏剧作品的韩文译本，因俄狄浦斯[1]决定弄瞎自己的双眼而忧虑。是的，俄狄浦斯对真相有一种近乎悲惨的无知——那又为何不在脸上多挖两个洞，多长出两只眼，好让自己看得更清些呢？他们的新专辑是对俄狄浦斯屈服于黑暗的抗议宣言，歌颂的是太多的目光、太多的光明。

我的目光总是被那个有着令我不安的颈部的男孩牵引。其他成员通过夸张的动作或表情来表达深沉的情感，这种与世界联结的方式不难理解。但那个令我深陷不安的男孩遵循的是某种神秘莫测的逻辑，让我永远无法预

---

[1] 希腊神话中底比斯王拉伊俄斯和王后伊俄卡斯达之子，他在不知情的情况下杀害了自己的父亲并娶了自己的母亲，发现自身罪孽后刺瞎双眼，自我放逐。剧作家索福克勒斯在古希腊戏剧《俄狄浦斯王》中描绘了其悲剧命运。——译者注（本书脚注均为译者注）

测他的下一个动作，而那动作一旦出现，我又确信它是绝对必要的。甚至由空中降落的速度，都在他的掌控之中，他的双足带着令人疼痛的温柔轻缓落下，仿佛不愿惊扰舞台。他的动作流畅、凄美，犹如来自远古。每一次关节的颤动都发生于最后一刻，无须预备，因为他早已抵达。

五个男孩依次站到三角形队列的最前端演唱一小节，引发现场的尖叫声五次冲向高潮。等到颈部令我不安的男孩冲向最前面领唱时，我的眼中溢满泪水。这一刻，在团队顺滑的合作之下，他的个性却颤动着像要挣脱出来，让我越发看清他的不同之处。是的，我已经爱上他了，远胜其他人。

他的嗓音如同一根粉色丝带在风中舞动：

"曾经，我站在原地，用心感受这世界。现在，我全力奔跑，尽力观看，可仍不足够。因为这一刻我只能看到眼前的街道，下一刻它便消失于地平线。你可否为我抚平地球，让我永远看到前方？"

维芙拉曾给我详细地介绍过每个男孩，可我始终无法将那些细节与他们各自的名字或长相对应起来。不过，舞台上的身影牵出了我记忆深处的碎片，如同一根根线，围绕着一个轴心转动，那个轴心的名字是"Moon"（月）。

我想起了Moon，二十岁，团队里最小的成员。他曾是首尔一家芭蕾舞团的天才儿童，每次演出都担任主舞，直到十四岁时被一家娱乐公司挖走。但四年后，他甚至难以在组合中拥有一席之地，只因公司老板，所谓的音乐教授，一度质疑Moon的能力，认为他无法将个人的舞蹈气质融入团体之中。那些生动却毫无意义的细节，原本可套用于任何一个男孩身上，现在它们属于Moon，属于他身上不可或缺的一部分。维芙拉跟我讲过，Moon喜欢在睡觉前吃上很多很多食物，一觉醒来，发觉自己的身材依旧苗条、紧致，这便是他在梦中代谢强度的佐证。如今想来，一切都吻合了。

我被带往另一个世界，正在经历维芙拉描述中的"第一次"，但那不同于失去贞操。我对失去贞操怀着强烈的意愿，我相信自己会做爱，胜过相信自己总有一天会死去。但我从未期待过Moon的出现。我的"第一次"发生在二十九岁那年，让我开始好奇其他千千万万的第一次。借由这些隐秘的献身之径，世界骤然扩大。

几首歌过后，男孩们又站回了一排。队内最年长的成员——二十四岁的Sun（太阳），开始用韩语发言，大屏幕上缓慢滚动着英语和德语的字幕。他说，男孩们的首次世界巡演已经进行了一半，两个月前，他们从第一站首尔开始,然后向东,前往美洲,与那里的粉丝见面。现在,他们来到欧洲,他们之前就决定要带上自己的家人飞往这片从未踏足的大陆,算是给家人的一次惊喜。

每个男孩对着摄像机镜头,放大的画面投在屏幕上,他们依次向自己的家人表达感谢。Moon 最后一个开口,只有他走到舞台的边缘,眼睛避开灯光,径直凝视着前方的人群。

"妈妈,爸爸,姐姐,"他说,"我看不到你们。我爱你们。所以,你们在哪里?"

他说的是"所以",我怔住了。

*

弦乐器响起,忧愁、舒缓的旋律萦绕现场。Moon 来到舞台中央,独自站在那儿,蒙着黑色的眼罩。人群里的每个人都举起手机,霎时,无数个 Moon 浮现在我眼前。

他唱道,曾有一段时间,他无法忍受当着别人的面穿过房间。他不想让任何人看清他的体型,于是选择穿及膝的衬衫。他的脸也令他痛苦,如果能像腹股沟一样将其隐藏,那该多好。但后来他遇到了我。他终于可以忍受被看见。我看他看得太多了,比任何人都多,这让他没有余地看自己。曾经的问题就在于此：他无法看自己。

"扣动你眼中的手枪，"他唱道，"我甘愿被你击中。"

每个人都不约而同地举起一只手，伸开拇指和食指，模拟为一支手枪，瞄准Moon。我无法参与，因为我的双臂交叉着，拒绝任何突发状况扰乱我完美的被动状态。我需要保持这样的状态，尽可能地让Moon的能量投射在我身上。

音乐中传来一声枪响。人群中，几千只手腕随之抖动。Moon的胸口被击中，他跌跌撞撞地向后退。我以为他会倒下，但并没有。他用一只脚撑住地面，迎接来自人群的无数"子弹"。他的头先动，接着是手臂，然后是器官满载的躯干，他的另一条腿也随之摆动。我终于明白，他那衬衫是新生儿舌头的粉色。他是在以自己的身体品尝空气。这将永远是他生命的第一天。

他停下来，扯下眼罩。我的视线在屏幕和舞台之间切换。屏幕上的他，鼻尖挂着一滴晶莹的汗珠，舞台上的他，只是一个隐约的渺小身影。我不知道我更渴望哪一个他，是清晰的影像，还是模糊的现实。他沿着延伸至场地中央的T型舞台走来。在屏幕上，我看到那滴汗珠颤动了一下，继而掉落，消失，很可能是溅到了舞台上。Moon收起下巴，微微倾斜，抬起头，仿佛在引诱他威胁要与之决斗的那个人。而那个人就是我。他正朝着我的方向走来。

我挤过人群。愤怒的陌生人挡住我的路,我不责怪他们,因为我本就是个糟糕的粉丝。我没有什么集体意识,我已在感知中将其他人从这空间里剔除。世界安静下来。现场只有我和Moon两个人,向着对方靠近。我想跳到舞台上,让他直视我,让时间中的某一刻他所见的只有我。我知道别人一定会斥责我背离了人群,将我这一个体的人性强加于他身上,但我不管。我只知道,我是一个独立的个体,无论多么不幸,无论多么空虚。

起初,Moon的身影只是很小一点,接着变大,再变大。我在心底祈求着他的身影可以与我一样大,但他的身影越接近普通人的大小,我越觉得他永远无法抵达。我们同时停下脚步:他来到了T型舞台的尽头,我却无法继续向前。他昂起头,像在恍惚之间投降了,露出石灰岩柱般修长的脖子,几乎和脸一般长短。一块软骨支撑在喉咙处,像脊椎一样突出来。蓝色的血管沿着颈部向上延伸,在下颌处蔓生开来。颈部的皮肤之下涌动着生命,仿佛在讲述一种被压抑的语言。他的脸庞却不同,更像是他体内的密林透过眼睛、鼻子和嘴巴肆意渗出。维芙拉犯了一个错误,她不该用理性的视角和语言来描述 Moon，不该强迫我立刻了解关于 Moon 的一切。但我只需要那奇异的颈部，从那里开始了解他。

一根钢索从天花板垂下来。Moon 低着头，那脖子随之没入阴影，他将钢索系在腰间的带扣上。全场的灯光打在他身上。他默然站着，忍受着，宛如一份礼物，凝结于被递交的那一瞬。但他无法被任何人拥有。一股强烈的渴望将我刺穿。我想拥有，我想拥有全部，可我不敢对 Moon 有所奢求，事情若是如此简单，那必然也不可能。

"等我长大，就会成为你。"他唱道，"等你重生，就会成为我。"

钢索将他拉向场地上方黑暗的天空时，我没有说再见。我知道自己还会再见到他，注定会永远见到他。他闭着眼睛，双臂垂在身体两侧，仿佛在屈服于一种神圣的力量。他的双手蜷成一团。我想象着那手掌有多湿润，又不禁为自己的想法感到恶心。

我居家工作，负责为一款澳大利亚侨商公司的洋蓟心罐头撰写英文广告文案。这份工作要求我为洋蓟心注入灵魂，让消费者相信这种蔬菜可以为他们带来浪漫的爱情。我对这份工作始终抱有不屑的冷漠，在演唱会后的那几天里,我甚至彻底拒接老板的电话,一想到要假装严肃地讨论这种毫无严肃可言的工作,我就感到反胃。

相反,我花了几个小时抄写 Moon 在二十岁生日时为粉丝手写的一封信。我贪婪地欣赏着他的笔迹:字体瘦削,棱角分明,上提的笔画分外有力。我没有自己特定的韩文笔迹,虽然从小说韩语,我却几乎从未用韩语书写过。当不小心碰到滚烫的热水时,我会不自觉地用韩语喊叫;但当消化与自我共处的那种缓慢的痛苦时,我则需要借助英语。"我喜欢在你们眼前慢慢老去,"Moon 写道,"让我觉得自己是一个你们永不会厌倦的故事。"在第五次抄写这封信时,我已经可以凭记忆把内容写出来了。他的手,甚至他的想法,仿佛都与我合为一体。

我的手机在床上发出"嘟嘟"的提示音:Moon 要开始直播了。这是我不把手机调为静音的唯一理由。我进入直播间,看到 Moon 此刻正在迪拜的一家酒店,躺在洁白的床单上,他将手机举到面前。我趴在床上,手机平放在床垫上,俯看着他。他的眼里满是疲惫。我希望他不要做什么有趣的事情。这种平常状态使我和他沉浸在一种新的亲密感中。

"Liver,你们好呀,"他喃喃地说。

男孩们称呼他们的粉丝为"liver",因为我们不只是他们随身携带的"昂贵手包",我们是不可或缺的器官,支撑着他们的生命。我猜他们用"liver",大概是因为它听上去像"lover"[1]。他们有时就是会这么忸怩。不过我宁愿做 Moon 的 liver,也不愿做他的 lover。

"我刚从楼下吃完自助餐回来,"他说,"那里有上百种不同的食物,但我的餐盘里还是装满了错误的选项。你们今天吃得好吗?"

"拜托,"我用英语打字,"收起你平淡的关心吧,将它留给其他人。食物只会毁掉我的注意力。真不敢相信我一天要吃三次饭。真正重要的仪式都到哪儿去了?"

Moon 的眼睛飞速地掠过,努力读着聊天窗口中不断滚动的留言。某条留言往往刚刚出现,就会被新的留言取代,而且常常又换了一种语言。有一个粉丝是严格的素食主义者,她查看过这家酒店的菜单,这会儿正把菜品中的每种动物一一记录下来,以此来"不抱幻想"地爱 Moon。但我能感受到她渴望像那些动物一样,被 Moon 咀嚼,以带给 Moon 近似的愉悦。

我能听到在他身体的轻微移动下床单发出的窸窣声,但他听不到全世界数千名粉丝在床单上同时发出的喧嚣。

---

[1] "liver"和"lover"分别意为"肝脏"和"爱人"。

我试着假装其他人统统不存在，只有我和 Moon，飘浮在虚拟的空间里。这么想象很辛苦，尤其是当我不知道自己应该选择张口还是闭嘴时。可现实是，他根本看不到我。哪怕是在他面前发痴，都是奢望。

Moon 的笑声由喉咙深处发出。他轻轻闭上一只眼睛——在我认识的人中，他是唯一眨着单眼依旧显得真诚的人。

他说："你们整晚都在担心我有没有吃饱。"

他说得没错。

"如果我的肚子上没肉，你们就会想念那些肉。但如果我长回了肉，你们又会怀念我的肋骨凸起的样子。所以，你们到底想要我怎么办？"

他的问题不无道理。

我用力地敲打着手机屏幕："我希望你偶尔不吃饭。清瘦的时候，你的灵魂会更加鲜明，只有一层薄薄的皮肤覆在上面。你会变成一股纯粹的能量，如同喷灯迸发出的蓝火。但经纪公司最好别强迫你节食，不然就太没人性了。你最懂得如何鞭策自己。没有哪家公司变态得像你的——"

已经达到了字数上限，于是我点击"发送"，看着那条留言消失于无数更简短的信息聚成的洪流中。

"这么多英文，"Moon 说道，"我得用软件翻译一下。"他摆弄着手机，眯起眼睛。"就我目前看到的，你要么是个诗人，要么是个白痴。有的地方都没法翻译，只是英语单词的韩语发音。天啊，你是想对我说什么不可思议的内容呢？"

他发出一声浅浅的呻吟。我感觉他马上就会下线，便央求他将手机放低些，好让我感受贴近他的脸庞的滋味。他突然僵住，似乎与我四目相对，片刻后，他笑了起来，脸上漫起一层宜人的温顺，那咧开的嘴却暗示了他体内存在的黑色天鹅绒般的隐秘空间。接着，整个画面模糊了。

他睁大了左眼，那只眼睛占满整个画面，眼神中带着紧张；我猜他此刻已经收住了笑容。我有一种奇怪的感觉：眼前的他并非自数千千米外的迪拜传来的直播画面，而是醒来后发现躺在枕边的人。那眼睛始终藏匿于我陈旧床单的褶皱中，密切地关注着我微不足道的人生，哪怕是在夜里，它也在注视我背后漆黑的墙壁。我靠近屏幕。在屏幕的方框边界之外，是 Moon 的脸，是 Moon 的脖子和他的整具身体。我们紧盯着对方，一言不发。我自然清楚，他没有看到我的消息，遑论选择满足我的请求。但这并不重要。和他独处，我无须借助什么意外的好运。

我用双臂环住他的脖子，紧紧地抱着他，我们远离了世界，面向对方。房间里，暖气片微微发热，灯光暗淡。手机的分辨率很低，我无法辨认他瞳仁中那黑色终于何处，那棕色又始于何处。我迷陷在一团尚未成形的黑暗中，越是试图从中找到一抹灵魂闪烁的痕迹，那眼瞳就越是化为一片纯色。突然，Moon 的左眼似乎脱离了他本人，变得狰狞、抽象。

"抱歉，"他说，"可我的胳膊真的累坏了。"

他闭上眼，屏幕变暗了。我身下的床单瞬间失去了温度。

"我整个人都好累，"Moon 说道，"肚子里有骆驼肉，脑袋里却什么都没有。"

接着他下线了。他说"什么都没有"时，嗓音略显嘶哑。我把这句话单独循环了一个小时，想好好研究一下他意料之外的可爱瞬间。"什么都没有。"Moon 不断重复着，连扬声器都在颤抖。维芙拉愤怒地拍打我的房门。我握紧拳头，紧闭牙关。鉴于此刻的情绪，我需要做更多的事情予以宣泄。我环视房间，从书桌上拿起一本书。Moon 说"什么都没有"。Moon 说"什么都没有"。我把书扔到地上，目睹它顺势贴到墙上，又静静地恢复原状，我的心一下子变得柔软。于是我俯身跪在地上，翻开书的第一页，发誓自己会认真阅读。可那些字词只是从我的眼前淌过去，没有激起一丝涟漪。我想要的仅是一句揭示真理的话语，却寻觅不见，只能一页一页地翻着，速度越来越快，手指被划出了一道道血口，仿佛我正在与一条咧嘴的疯狗搏斗。

第 2 章 复杂的人

数据伪装成哲学，信息伪装成艺术。我们不再每周去一次教堂；我们只是每年去看一次演唱会。

马斯特森和他的室友正在举办一场德语派对。我加入了其中一伙人，先试着摘出当时的话题，再将其组织起来，可总是慢半拍。每当我好不容易组织好自己的观点时，大家的谈话早已进入另一个全新的话题。比如，马斯特森的朋友说："人性本善，我从不憎恨我的敌人，我憎恨的是让他们滋生邪恶的社会。"我却接话道："我喜欢所有发生在我身上的糟糕事。"

我厌倦了谈话，陷进躺椅里，目光附在屋子里走动的人们身上。参加派对的人都在三十岁左右，已经取得人文或社会学科的高等学位，额外还有艺术或政治方面的项目。他们一边想尽办法否认职业之不可阻挡的力量，一边从事各种职业，在二者之间摇摆不定。他们需要一些正当的消遣，以便让自己的事业显得像是在不知不觉间发展起来的,继而两者的平衡崩塌,让他们不禁暗暗松一口气,精神便随之慢慢衰退了,当然,这期间偶尔也会有相应的愉悦。

每个人都在来回走动,除了一个人,那便是被许多人围着的马斯特森。他正坐在我右侧房间尽头处的窗台上。瘦长的手指夹着一根点燃的香烟,两条腿自然地伸展,在脚踝处相互扣住。此刻,他正耐心地解答某位客人随意抛出的问题。这出乎意料的关注让对方多少有些不安。关于马斯特森的一切,都可用"长"这一字形容,甚至是他的思绪。我借左边墙上那面椭圆形的镜子偷偷观察他,隐隐希望其他人赶紧离开。我最喜欢这样——赤裸地、静静地躺在他的身下,不带任何表情地凝视他的眼眸。这于我是愉悦的时刻,仿佛我仅是承受他身体重量的一只天平,除此以外,什么也不是。

一个女人坐到我躺椅的扶手上,打断了我意淫的画面。

"你在做什么?"我用德语问道。用外语更容易表现出攻击性。

"我正在写一篇学位论文,"她说,"你一定听过这句话:'笔杆子胜过剑。'不过近些年,这个说法在通俗文学中已经消失了。人们现在更喜欢把笔比作枪。我猜,这反映出人们越发意识到,写作可以进行远距离的快速谋杀。文学杀死的不是读者——尽管有人会这么认为——而是其中的角色,他们与现实中的人并无二致。每个角色的背后都对应着一个存在于这世上的人,那人不可侵犯的神圣性被文学的显容所亵渎。落在白纸上的每个黑字,都是一枚子弹。"

她一定误以为我在问她"你是做什么的?"。每个人多半都知道自己在做什么,这让我不免心烦。

"既然你这么讨厌文学,为什么还要研究它?"我不耐烦地问道。

"讨厌?"这个词在女人的嘴里翻滚,就像是含了一枚刚从食物里吃出的小石子,"没人说讨厌啊。不,我不讨厌文学。"接着她告诉我,应该读一读某某理论家的书:"她的书一定会让你以全新的视角看待一本书。"

"我又不需要什么全新视角。"我说。

女人没再说话。她的目光移到了房间的另一侧。我永远无法和她达成共识。和其他多数人也是如此。

"你是怎么认识他的呢?"她看着马斯特森,问道。

"我是他妹妹。"我说。

"那可真奇怪。"她转过身来,不安地说。我感觉到她的目光在我脸上有限的范围内迅速游走。"他从来没说过自己还有个妹妹呢。"

"我是领养的。我们有段时间没见过了。"

"啊。"听起来她的不安减弱了一点。"你来自哪儿？我是说，你的亲生父母来自哪儿？"

"我不知道。"

"你可以做个基因检测，就知道了。"

"我的细胞不是我。"

"那么你是什么？"

"你呢，你是什么？"

"我的全部细胞集合在一起叫作莉泽。它们都来自海德堡。"

直到那一刻我才意识到她的身份。马斯特森曾经给我讲过关于她的故事，令人难忘。一年前，他们跌宕起伏的关系最终触到了爆发的临界，马斯特森甚至会在一个小时内，由"想和她结婚"变成只要听到对方念出自己的名字就恶心不已。在某次分手时，他犯了个错误，开口说"我是这么看的……"，她一把抓过他的眼镜，摔在地上，用鞋将眼镜踩碎。马斯特森每次说自己并不爱她时，她就会规劝他事实并非如此。之后他便发现，自己的确是爱她的。如果说大多数人都在寻觅那个自己要爱的人，她便如同一个收税官，是在寻找那些没有爱上她的人，并让他们为此付出代价。

莉泽正在描述她在海德堡最喜欢的建筑，她的手在空气中挥动，精准地比画出建筑物的轮廓。我想象她的细胞猛烈地撞击着那些建筑物的墙壁——可能是因为与人打架，我更希望是因为与人做爱——并惊讶于她依然完整地站在我面前。

"你的细胞也会死在海德堡吗？"我问道。

"但愿如此，"她说，"这是我们家族的计划。你会死在哪儿？"

"我不知道。"我说。

莉泽起身，站在椭圆形的镜子前。她的视线越过镜中她自己的肩膀，定在了马斯特森身上，片刻后她转身离开，似乎只是默然接受了这一切。我的视线依旧停在镜中，镜子里的马斯特森离我很远。他将一杯啤酒搁在身边的木桌上。这桌子是他计划跟我同居时，兴起之下，亲自动手打造的。我曾将一支铅笔放在桌子的一端，看着它滚到另一边，一直滚下去。将来，我们的晚餐也会如此砸到地板上。我希望这意味着他想让我挨饿，让我残缺，让任何人都无法完整地拥有我。马斯特森这会儿正在发一个需要露出牙齿的音节，但莉泽的后脑勺滑进了镜框，挡住了他的脸。

我想立刻妥协。比起我对马斯特森的情感,莉泽对他的情感更能令我信服。她知道自己想要什么,她也曾拥有过,如果可以再次拥有,她便会重新幸福起来。

我站起身来,想重新从镜子里看到马斯特森,却被镜子里的自己阻断了视线。镜子里的自己看起来竟有点像 Moon,我吃了一惊。我之前从未注意到我们之间的相似。简直不可思议,客观上我们的容貌竟如此肖似,尤其是嘴唇和眼睛。它们的圆润暗示感官享受的泛滥,像是品尝了太多,观看了太多。还有乌黑的头发,如黑色头盔般油亮。但无论在哪一处,我都是那个拙劣的版本。Moon 的美并不体现在某个特定的身体特征上。他脸上的不同部位之间,呈现的是一种超自然的、令人战栗的精心编排。而我的脸上没有。若是说他的美可以辐射整个地球,那么我的美只能像口气一样,涉及极为有限的范围。

派对结束后,我用手掌压了压吃剩的蛋糕。甜奶油痛苦地发出一声微弱的"吧唧"声。马斯特森仍旧坐在窗台上,松开了扣住的两只脚,将腿自然地张开,靠向我。我站在他的两个膝盖中间,他搂紧我的腰。

"你好吗？"他问道。

我不知道该如何以他期望的方式回答他。就我个人而言，每当我问"你好吗？"，我隐含的意思其实是"我不是你"，是"你的回答应该和我的不一样"。最让我想要立马结束对话的莫过于听到别人说"噢，这让我想到有一次……"，我不想让别人想起任何其他人或事。我不喜欢与别人产生关联。

我没作声，举起沾满蛋糕的手，放进马斯特森的嘴里，任由他吮吸我的手指，一根接一根。他的舌头灵活地游走于每一寸指节。终于，我开始放松、享受，我知道自己在享受，因为此刻的我希望自己能有更多的身体来体会这种感受。马斯特森将我的手背舔舐干净，手背慢慢浮现一个描绘着 Moon 的脸的临时文身。我还没有告诉马斯特森有关 Moon 的事。况且，他也并未留意。多半是因为那文身做得太过粗糙，根本辨认不出那画的是一个人。即便预想中的效果未能实现，我依然中意与 Moon 相关的一切。

"你为何跟别人说你是我的领养妹妹？"马斯特森问道。

"他们总问我是怎么认识你的，"我说，"多么荒唐的问题。我需要至少两个更无聊的派对才能解释清楚，究竟是怎么认识你的。"

"我们在网上认识的,有那么难开口吗?"他问。

"你还真敢哪,"我说,"简略成这样。真有你的。"

我把双手放在他头部两侧,轻轻地向上拽,想象着那脑袋脱离脖子后的重量。他的额头不过三指宽。我能感觉到他那些奇异的想法都寓于这块密度惊人的头骨里。他的颈部却像鸟儿那般纤细,似乎并非牢固的支撑。

"尼尔斯看到我在厨房里抚摸你,差点吐出来,"马斯特森说道,"我不得不解释说你并不是我妹妹,而是我正考虑爱的人。"

"已经两个月了,"我说,"如果你还在考虑,那我们永远都不会相爱。"

"但我想和你相爱。"

"我压根儿就没有考虑。从看到你的第一眼我就爱上了你,带着怨恨地爱你。"

"我想快乐地爱着你。哪怕是考虑与你相爱,都会让我快乐。我希望这种快乐能延续到真正爱你的时候。给我点时间,我已经等不及爱上你的那一天。"

在他的房间里,一抹月光沿着床淌下来。我们躺在那抹月光两侧,凝视着对方。街上传来醉酒后的争吵,当我们相拥着发出释放的呻吟时,争吵已经结束。鲜活的几分钟后，我感到异常饥渴。我低头看向马斯特森，他似乎已经把自己的快感搁置一边，仿佛那只是某个不相干的物体，而是换上一种高尚的姿态，将注意力再次投向我的身体。我感觉到他开始抚摸它，令我不安的是，那抚摸似乎是对我的某种回报。但我对马斯特森没有任何期待，只希望他永远不要阻止我爱他。

我闭上眼睛。眼睑后方的黑暗逐渐变得连贯。我回到了演唱会的现场，但这次没有成群的观众。我独自站在会场中，看着 Moon 沿 T 型舞台走来。他的鞋子发出嗒嗒声，声音在整个空间回荡。走到舞台尽头时，他跳到地上，继续朝我的方向走来。我站在原地，沉浸于他即将抵达的确定性中。这巨大的虚空中，没有任何东西可以将他拉走。当他终于站在我面前时，我牵起他的手，带他离开会场，来到一片没有星辰的黑暗中。马斯特森的床在黑暗的最深处，等待着。

Moon 仰面躺着。我爬到他身上，拂开他脸上的头发。他看着我，眼神中充满了认可。我被他的目光鼓动，又觉得无法忍受，于是闭上眼睛吻他，但那就像是把嘴唇贴在自己的手背上。我体验的是他对我的感觉；我体验的是我带给他的感觉。我猛然意识到，我对 Moon 并没有性欲。我的性欲只是单纯地爱着他的性欲，没有保留，没有迟疑，亦无须知道他是如何处理自己的性欲的。我感到屈辱——因为生活，因为生活赋予个人的奇怪戒律，让我无法单纯地渴望拥有他。

马斯特森感受到我的迟疑，粗暴地把我推到一边，跨坐在男孩身上。月光往床面撒下一张乳白色的网，将男孩的整个躯体照亮。马斯特森的躯干弓起，没入四周的黑暗。他解开男孩衬衫的扣子，两片粉色的丝绸顺势滑开，逐渐露出了一片发光的皮肤。马斯特森拽掉了男孩的裤子，接着是内裤。

"你好吗？"马斯特森问道。

Moon 仰头凝视他的爱人，眼神里带着虔诚与哀伤。他张了张嘴，又合上，没有发出任何声响。多么复杂的人，只教他无言。沮丧之下，他抓住马斯特森那只比他大得多的手，放在自己的喉咙上。他将下巴向后偏转，努力伸长脖子，用手示意马斯特森用力挤压，仿佛他内心深处有话要说，他希望能像挤牙膏一样将之挤出。

"但你还好吗？"马斯特森问道。

Moon 示意他再用力些。

马斯特森用膝盖夹住 Moon 的大腿，他的睾丸躁动。那布满褶皱的皮肤轻柔地擦过 Moon 的身体，发出窸窣的微响。马斯特森俯下身，压在年轻的爱人身上，融入了一片月光揉制的胶囊里，同时紧紧地扼住 Moon 的脖子。最后他的脸由黑暗中浮现出来，靠近 Moon 的脸，在两个平面间投下一层阴影。两张嘴唇彼此掠过，始终没有吻上。马斯特森的气息急促、深沉，他那带着侵略性的注视勾起了 Moon 的欲望。Moon 呼吸急促，嘴巴微张，享受爱人扼住颈部的力量，享受自己徒劳的抵抗。

我知晓这一切的感觉，甚至比我亲身体验的还要强烈。男孩是我的使节，被派往那片陌生的领土，那片与我的领土关系微妙的所在。而我，一个负了伤的王，从未去过那个国度。

次日早上，我醒来时，发现马斯特森正侧躺在床上，看一本我借给他的书。他瞥了我一眼，然后拿出一张扑克牌似的东西。

"想拿回去吗？"他问道，"我发现它夹在书页里。"

这是一张亮面小卡，上面印着的 Moon 笑得眼睛都快要合上了。小卡原被放在一个光滑的塑料盒里，里面还装着男孩们代言的三十天护肤方案。我购买了这盒费尽心思打造的保湿面膜，只为拥有 Moon 这种纯粹的快乐。但现在，在最意想不到的时候和这照片偶遇，只令我手足无措，我没有从马斯特森手中把它拿过来，而是下意识地往后缩。

"这是Moon，对吧？"他问道。

我恍惚地起身，跪在床垫上。

"你怎么知道Moon是谁？"我问道。

"我怎么就不能知道？我并非生活在真空中。我还是知道当下潮流的。怎么，你是他的粉丝？"

"不是，"我说，"我不是粉丝。"

我试图解释自己究竟是什么，但脑子里一片空白。

"这可真是个令人着迷的现象，不是吗？"马斯特森盯着照片说道。

"你说的'这'是什么意思？"我疑惑地问道。

"我们曾一度将对上帝的追寻和对未知事物的探求皆诉诸哲学。如今，哲学将其权威让位给数据。我们已经知道了太多，尤其知道人们想要什么，知道如何给他们想要的。宗教不再是我们与自身阴暗面攻伐不断的角斗场。没了哲学的宗教，已经沦为一架供应即时的实现和满足的自动售货机。这就是为什么在当下这个愤世嫉俗的世俗时代，会出现如此多低等的神。我们无视这一矛盾，只渴望通过精神修行获得永久的答案和解决方法。像这样的男团，"马斯特森晃了晃Moon的照片，"就是此类的神。现在，数据伪装成哲学，信息伪装成艺术。我们不再每周去一次教堂；我们只是每年去看一次演唱会。"

他咧嘴一笑，为自己的观点兴奋不已。我并不否认他的想法。只不过我也有自己的角度，其实也并非什么角度，而更像是一个由体验集成的完整生态系统。

"我想，我可以把他们用于我的研究，"他低头盯着 Moon 的小卡说道，眼神里带着友善的好奇，"那就需要尽力了解关于他们的一切。"

我一把将小卡从他手里夺过来。

"怎么了？"他说。

"Moon 没法被研究，"我说，"他鲜活、多变。其实，我们今晚还要一起聊天。他会问我今天的情况，聊聊那些陷入僵局的关键时刻。他还会追问一些颇有见地的问题。如果需要严肃的氛围，他就会沉默。但他也会逗我笑，让我笑到全身痉挛，无法控制，我和你在一起时从来没有那样笑过。那感觉好像我的肚脐就是香肠打结的末端，正慢慢被解开。"

马斯特森的脸色变得阴沉，一脸迷惑。但看得出，他开始明白我这恶意背后的缘由了。

"听你这么说，就好像你认识他似的。"他小心翼翼地说。

"我确实认识他。我不认识的人是你。"

"你说这话是认真的吗?"

"我从来都很认真。我根本不了解你。"

"但你认识 Moon。又很难证明你的确认识 Moon,这对你来说也太方便了。"

我不由得幻想将自己的心埋进马斯特森的体内,紧贴着他的心。但若是我的身体无法与他的身体相融,我便会把自己放逐到伊尔库茨克[1]。无论是前者还是后者,我都不必再纠结于我们之间暧昧不清的距离——一会儿是极度的亲密,一会儿是冷漠而疏远。我努力想出最刻薄的话:

"他比你更能满足我的幻想。"

"他当然能,"马斯特森说,"因为他就存在于你的幻想中。"

"他是个会吃、会呼吸、会做梦的人,住在首尔。"

"我也是个会吃、会呼吸、会做梦的人,住在柏林。"马斯特森伸过手,使劲掐了一下我的大腿,"我还知道你存在。"

---

1 俄罗斯城市,位于西伯利亚东南部,与贝加尔湖相去不远。

"你或许知道我存在，但他和你不同，他了解最重要的东西，了解我渴求精神上的陪伴。"

"我想你的意思是，他在打造音乐和自身的性吸引力时，明确地利用了人类最基本的情感，比如孤独，比如对无条件之爱的渴望，以此吸食他人的'血'，获取巨大的利益。"

我从床上滚下来，把小卡塞进口袋里，开始穿衣服。

"他对待我们的关系，比你努力一百倍，"我说，用力扭着脚腕，将一只脚塞进鞋里，"他每天都要进行理疗，因为每一天每一刻他的筋腱都可能断裂。你敢说你的筋腱也这样吗？"

进入直播间时，我看见Moon坐在桌子旁。在他身后，是他和其他成员同住的豪华公寓。那座公寓坐落在首尔的一片隐蔽之处。Moon的眼睛浮肿，应该是才从梦境中醒来。首尔此时还是早晨。他哼着伤感的曲调，目光始终不曾离开我。我不禁咧开嘴笑，齿间泛起一股凉意。

"Livers，"他喃喃道，"我真想坐上火车，奔向你们。"

我太想念他了，泪水夺眶而出。我怎么会如此想念一个素未谋面的人，一个我希望未来某天会遇见的人？

这是否意味着想念未来亦是可能的?

Moon 伸出手,移动手机,画面中出现了坐在桌子对面的 Mercury(水星)。我被这骤然的背叛刺痛,他没有珍惜我们难得的独处机会。对 Moon 产生负面的情绪令我不适,于是我把一切归咎于 Mercury。情绪的焦点忽地从一个男孩身上被拽到另一个男孩身上,只令我目眩。在短暂的几秒钟里,我感受到的只有强烈的憎恨,强烈到我会担心自己的心走失了,再也找不回最重要的东西——对 Moon 的爱。

"别生我的气,"Moon 对着镜头说道,"不是你们想的那样。我真的很想单独和你们在一起。但是有时候,我忍受不了一整个小时都在听自己的声音。"

Mercury 一动不动地坐在那儿,盯着桌子,似乎是在投入自己全部的理性,只为理解这世上最令人沮丧的想法。他是公认的最不爱讲话的成员,即便如此,我也能感觉到他今天的情绪十分消沉。

"我希望能听到你们每个人的声音,"Moon 继续说道,"但如果我和你们每个人都说上一分钟,就要花两个世纪。所以我想试一试,假装 Mercury 就是你,没错,假装我们正单独待在这个房间里。在聊天框里输入你们想说的、想做的,Mercury 就是你们的代言人。"

话音未落，聊天框就涌入了各种要求。Mercury 却突然从椅子上跳起，冲到窗边，躲在垂地的窗帘后面，窥视 Moon。

"不要看我！" Mercury 说，"我还没准备好！"

"准备什么？" Moon 问。

"单独与你相处。"

"没什么大不了。相信我，我一直在单独与我相处。"

Mercury 将窗帘拉开，走了出来，怯生生地回到桌边，坐回原本的位子上。随即，他脸上闪过各种表情——从揪心的恐惧，到长辈般的满足。最后，他决定定格于这一瞬：张着嘴，惊叹于自己竟能如此近距离地看 Moon。

"你到底有没有不好看的地方啊？" Mercury 问道，"快，让我看看，让我知道你也是个真人。"

Moon 将手滑过桌子，说："指甲上的死皮。"

Mercury 低下头，将 Moon 的死皮一块一块地撕下来。他把多余的皮屑堆成一小团，然后撒进嘴里咀嚼，下巴随之动起来，像在咬什么颇有韧劲的肉干似的。

"连你的死皮我都爱，" Mercury 悲伤地说，"我完蛋了。"

他突然笑了，似乎下一秒就会不合时宜地大笑起来。但那大笑并没有出现。他只是喃喃道，在疗养院里又冷又孤单，又说每当有比他更漂亮的人走进房间，他就想躲到桌底去。说话间，他的脸上始终挂着笑。

接着，他站起身来，迅速地离开画面。等他回来时，手里多出一根蜡烛，他用火柴将其点燃。

"你是可燃的吗？"他问道，抓着 Moon 的手放在烛火上方，"真不敢想象，你会跟我是一样的材质。"

"是一样的，"Moon 说道，"这很疼啊。"

"如果你在我之前先死掉，我一定会非常生气。"

"打住，打住。"

Moon 看着 Mercury 的眼神始终温柔又好奇，但现在，他将手挣脱开来，生气地瞪着眼前的男孩。

"你真的想这样度过我们在一起的短暂时光吗？"Moon 问道，"你就没有什么想说的吗？"

随即，Mercury 被注入了展开对话的欲望，但那欲望强烈得几乎无法正常展开对话。他掷出了各种各样的话题：

"韩国女人的光环真的像雪一样白吗？你喜欢吃什么做法的鸡蛋？我能为你生孩子吗？如何让他接受我的爱？我应该答应吗？你会为我感到尴尬吗？不用顾及我的感受。我为你尖叫的样子很丑吗？听新闻时，我会嫉妒当天发生的可怕至极的事件，比如一个高中生枪杀同学，比如许多户人家在军事冲突中烧成灰烬。我真希望我也是一个可怕的事件，这样你就会知道我了。嘿，你为什么不喜欢陀思妥耶夫斯基？"

还没等 Moon 回答，Mercury 就站了起来，走到 Moon 身后，用双臂搂住 Moon 的脖子。起初，那还是个友好的拥抱。但紧接着，一只手在 Moon 的胸前游走，解开了 Moon 的衬衫最上面的扣子。Moon 把那只手拍开。那手立马退了回去，转而像生意伙伴似的拍了拍 Moon 的肩膀。接着，隐藏于那只手中满是情欲的灵魂，转而附于 Mercury 的嘴唇之上，将吻落在 Moon 的肩颈窝。最后，那嘴唇抵达 Moon 的喉结，那喉结正不安地跃动着。

"别这样……" Moon 说道。

Mercury 立刻捂住脸。他踉踉跄跄地向后退，躲开镜头，藏到了桌子下面。

"是我让你不舒服了吗？"我能听到他说话，"这是不是会成为给你留下心理阴影的关键一刻？你能否从中恢复。真是羞愧，我如此不擅长活着。作为一个人活着本是我唯一的任务。可我隐约意识到，要完成这项任务，我必须借上帝短暂赠予的真理之手，抚过另一个人最隐秘的部分。但没有人允许我这样做。我该自杀吗？告诉我该怎么做，我希望可以悲伤、优雅地自杀，让你为我骄傲。"

"不不不。"Moon 说道。

他站起身，蹲在地上，也从屏幕里消失了。抽泣的声音隐隐可闻，但看不见声音的源头，那抽泣声仿佛是在屏幕我的这一端，仿佛即便我盖上电脑，那哭声仍会持续。

自 Mercury 化身为粉丝的媒介以来，我第一次看向聊天窗口。一场内战已然爆发。那些将 Moon 视为虔诚信仰的粉丝，为另一派竟敢亵渎自己的偶像、想与 Moon 恋爱的粉丝而怒火中烧。这两派粉丝又被所谓理智的少数派激怒，因为她们声称只想"更好地了解 Moon"。

画面边框的一侧出现一只手，向屏幕靠近。我把自己的脸凑上去，迫切期待 Moon 可以抚摸我的脸颊。可未曾等他的手掌在屏幕前变得足够大，大到我能看清那掌纹的生命线时，屏幕变黑了，抽泣声也随之消失。

第 3 章 花楼

这些陌生人知晓我爱的人也是他们爱的人，就像在桑拿房，只不过我们赤裸的身体完全一致，徒留一股尴尬的情绪在人与人之间往复着。

一天下午，马斯特森双手抱头，坐在床边说他已经尽力了，但还是没能让自己爱上我，可能永远都不会爱上我。

"当然不会了。"说着，我从床上滚下，取走桌上自己的书。这是下意识的动作，毕竟不挡别人的路是我生来的默认配置。"有一次，我装作不小心，把日记落在这儿，期待着你会偷看一眼。但你没有看。你对我没有一丝好奇，又怎么会爱我呢？"

"你很受伤，"马斯特森说道，"所以才荒谬地将两者联系在一起。"

"这远不够荒谬，人们就该这样，多凭直觉下判断。"我无法表达自己，这令我极度沮丧，毕竟就连一个孩子都可以自如地表达这种感受。"我确实是你的领养妹妹。

你知道你要爱我，但你不知道该如何让自己的感情显得更自然，显得生来就有。"

"也许你是对的，"马斯特森语气温柔，"但我知道什么是爱，我也曾有过那种感觉。"

"那是什么感觉？是胃里有蝴蝶翩飞的感觉？是颈子后汗毛竖起的感觉？"

"对，"他说，"你觉得这很蠢，但爱确是如此。"

"我没觉得蠢，"我冷冷地说，"压根儿就不觉得。"

"你总是瞄准一切情感，予以嘲讽。我想要的是回家的感觉，是和你在一起有家的感觉。"

我点点头，避开他的目光，已经没有辩驳的余地了。他方向错了，说得却完全没错。我把书抱在胸口，感到自己跳动的心脏正撞击着书封。这些书都是我借给马斯特森的，他已全部读完。偶尔，我会幻想我和他在书页中某个空间中相遇，延续我们此前的人生，达成未曾抵达的圆满。但我不知要如何走进那个空间，谈论书籍只会把事情变得更糟。

"我想和你在一起有家的感觉。"他重复道。

我抱着书，把脸埋在他的腿上，说他是我见过的最傻的人，甚至比我还傻。

*

还未细想,我就亲笔给马斯特森写了一封信。写下的内容令我心惊:"很多人用眼睛审视我,可其实他们无法看清我。唯独你,你甚至不知道我的存在,但你可以看清我。"还有几句是"我非常非常非常爱你"和"你是我认识的最值得回味的人,你永远有崭新的一面"。发觉自己竟写了这样的文字,我划掉了"亲爱的马斯特森"中的"asters",在上面草草写了一个大大的字母"O"[1]。

我把信封好,寄给了马斯特森。

他很可能不懂我想表达什么,不过,让他完全读不懂总好过让他一知半解。我厌倦了争论和揭露,厌倦了嘴里喷出的话语在他人脸上爆开。粗暴必然会引发错误。我想用不激烈的语气诉说激烈的话。我梦想着以如此微妙的方式,让马斯特森在不知不觉中,将我的思维纳入脑中。

没有回复。我开始给马斯特森写第二封信,收信人是 Moon。最后信却变成了一个故事。

---

[1] 将"马斯特森"(Masterson)中间的"asters"替换为字母"o",则变成单词"Moon"。

叙述者在柏林的一个公交车站等车。她揉揉眼睛，视线被眼中的玻璃体浮游物影响。世界就在眼前，不模糊，也不清楚。可若世界本就是模糊的，她希望可以清楚地看见这片模糊。她转过身，见到一个男人正极其缓慢地吸着一支烟。她发觉那男人长得很漂亮，又希望着此刻的车站没有人也这么想。一想到别人认同她，她对美的感知便会被动摇。

她走近那个男人，询问是否可以借一口烟。他没作声，只是递过那支烟。她吸了一口，太过用力，烟雾冲进她的颅腔。她平时不吸烟，自然也没有摆出一副优雅姿态的习惯，她吸烟仅是出于原始的欲望。她希望这一切能被读懂。她眼眶湿润，将香烟递还给男人。

"我知道，我会愿意为你承受无端的痛苦。"说着，她一只手滑进男人的外套口袋里，揉搓着零钱。

"那么我们一起做点什么吧，"男人说道，"我们要吃个饭吗？我知道我该吃了，只是毫无胃口。从我出生，我的胃就比我的心脏小，但你瞧，我的整个身体——"他指了指自己，"很长，长得出奇，有太多地方需要能量供给。"

公交车来了，两人并没有上车。沿着街漫步时，叙述者感到他们二人的联结似乎曾在前一世被粗暴地斩断了。她第一次发现，自己竟可以一开口，就准确地表达内心所想。

在一家廉价的小酒馆里，两人分食一大张饼，饼里裹着烤焦的肉。男人吃饭的样子没什么特别的。食物一到他嘴边，就立即消失。她喜欢这样。她了解到他叫Moon，算是一名哲学家。他也了解到，她几乎什么也算不上。她形容自己是许多空荡荡的场域聚成的人形。临分别时，他们交换了手机号码。若是想联系对方，只需拨出记忆中的那串号码。手机成了他们之间的对讲机。毕竟他们再也无须联系其他任何人。

第二天，叙述者一口气读完了Moon最新出版的书。她读懂了一切，尽管并不知晓自己读懂的是什么。那种体验像是一束光，猛烈地射入她的身体。她只想给自己的思维递一把屠刀，将每一个省事的、脆弱的想法砍除。她甘愿涉险，去感受最深切的困惑。很快她便意识到，这些渴望都重合于同一个欲念上。哲学家的作品清晰而奇异，有时会让她流下眼泪。

"谢谢你，没有试图在书中引发我的共鸣。"她晃了晃书,像在摇晃一盒麦片。

为了让她有更多的东西可读,Moon继续写,几个星期后又出版了一本。他离开了妻子和孩子。她欣赏他的决绝,期待着在未来某一天,也遭受相似的抛弃。为了做好准备,她在水下练习憋气,直至全身疼痛才停止。

"和我一起去外面的世界吧,"她在手机里对他说,"假装我们是电子游戏里的人物,拥有很多次复活的机会,并不畏惧陷入异常。"

但他们不会并排走。在街上,她始终跟在他身后,隔开几米的距离,这样就能一直对他保持渴求。他们已经达成相爱的共识,却推迟了在一起这件事。他们总共见了十七次,才开始触碰对方。

"原来这就是活着,"中途她突然想到,"原来我本在死去。"

哲学家不跳舞,也不唱歌。每当音乐响起,他会闭上眼睛,潜入绝对的静止。究竟为什么哲学家会是Moon?是什么让他像Moon?

是颈子。哲学家与真实的Moon都被赋予了相同的颈子。令叙述者着迷的是,她凝视Moon的颈子越久,越觉得它不属于人类。就好比一幅"鲁宾花瓶"的图片[1]：她永远无法同时看清一切。那颈子避开了她，却依旧展现出摄人心魄的特质。颈子解释一切。它的表达方式，不是"因为"，而是"尽管"。在面部起伏的迷人线条的衬托下，颈子越发凸显出其中隐含的特质——令人惊异的客观意志、粗暴的流畅感，仿佛有一个羞涩的精神病患者匿于其中。

我把这个故事寄给马斯特森。依旧没有回复。

不久之后，我发现了"大魔法师"。这家网站按照艺人或虚构人物进行分类，发布了成千上万个粉丝撰写的故事。还以故事煽动的情感做了更细的分类，在每个故事上打着"让你……"的标签。在Moon的故事中，我喜欢的总是带着"让你与朋友绝交"的标签。坦白讲，大多数故事并没有什么可读性。毕竟，这些创作者并非作家，只是视语言为最终手段的粉丝。随着行文逐渐走向沉闷，随着作者屈服于又一种陈词滥调，我逐渐生出一种懊丧，却仍希望他们心中种种奇特的情感，能从这些宛如尚未成熟的原生浆液般的拙劣故事中徐徐浮现。但

---

[1] 丹麦心理学家埃德加·鲁宾制作的一种经典的认知错觉图。从黑白双色的图片上，可以看到两种不同的事物，其一是花瓶，其一是两个人的侧脸。

相比于大多数当代小说，我更喜欢这些故事。当代小说用荒谬的热忱映照当下的虔诚，其道义的怒口中带着一股超然的优越感，让读者无须过多思考，便能有共鸣。我偏爱同人作者和已故作者的文字，恰恰因为他们难以让人产生共鸣。

我无法控制自己不去想那两个痴情的角色，便把写好的场景誊写到一个专门写作的笔记本上，续写这个故事。等差不多凑成了一章，我就把内容输入电脑，发布在"大魔法师"网站上，署名"花楼"（fleurfloor）。

我顺势把自己的头发全部染成白色，想让自己显得像一个期待再次步入婚姻的寡妇。

男孩们的最新MV获得了惊人的点击量，又创下了一项新的世界纪录。第二天，柏林粉丝会在一家咖啡店举办了庆祝活动。我在咖啡店门口犹疑着，感应到那里有很多同类的"我"。咖啡店里正弥漫着一股充满敌意的能量，由对Moon畸形的爱恋分娩而来，在一阵爆发的欢呼声中划出了一道情欲的界限。我不知道该如何在挤满陌生人的空间里穿梭，这些陌生人知晓我爱的人也是他们爱的人，就像在桑拿房，只不过我们赤裸的身体完全一致，徒留一股尴尬的情绪在人与人之间往复着。

一个年轻女人走近我：

"嘿，我'饭龄'已经两年了。成为'liver'的那一天，有两个大块头的男人去了我的公寓，给我装上了更快的网络。你呢？"

"嘿，"我说，"我的'饭龄'还处于婴儿期。成为liver的那天，地铁上对面的家伙正在读一本叫《如何成为CEO》的书。我立马知道他肯定不是CEO。能一眼就知道一个人不是什么真可怕。"

一切与男孩们产生关联的生活细节，粉丝们都会记在心里。我们依此记录时间。

这个女人是柏林粉丝会的会长，她问我是否愿意"为在场每个人的幸福做出贡献"。我想诚实地回答"不愿意"，但出于礼貌，我还是任由她把我带到一扇折叠屏风后，那里有四个女人，正在换上旧货店淘来的衣服，正是那个破纪录的视频中男孩们所穿衣服的仿版。会长把一叠衣服推到我的怀里。

"你扮的Moon一定很棒。"她说。

穿戴整齐后，我们五人从屏风后走出来，这时，扬声器里响起了热门的歌曲。迎接我们的是一片兴奋的尖叫声，当地一家新闻台的摄制组跟随着我们，好像我们是人类学的研究对象。我穿着仿丝绸做的粉色斗篷，游荡于房间里。每个人都过来跟我合影。有些人会要求我拿着他们的手机拍，这样就能拍到我伸展的手臂，显出我对合影非常上心。

"我爱你。"每个人说道。

"我更爱你们。"我回应道，我是认真的。如果我想相信 Moon 也会对我说同样的话，就必须这么回答。

之后，我们分成小组，进行"坦白环节"。看到坐在桌子对面的莉泽，我吃了一惊。她的小臂上有黑色马克笔写就的 Moon 的签名，那是在一个小时前的狂乱中，我还没有认出她时，模仿 Moon 的笔迹而潦草写下的。我试图与她眼神交流，但她涨红了脸，移开了目光。

小组里，一位工程师——致力于制造"能像人类手腕般转动的"机器人手腕——完全掌控了谈话。他说我们非常幸运，能和男孩们一同生活在这划时代的历史时刻。他和其他粉丝能否团结起来，发起一场运动，与基督教和资本主义相抗衡？我们能否掌控其他所有运动，借此将我们自身的特殊性，化为一种普遍的人性？他坦言，他最大的愿望是在一个全部由粉丝组成的国家担任首相，颁布各种法令。

接下来是莉泽。她颤抖的声音里含着一股羞怯的激动,她坦言自己是在对 Moon 一无所知的情况下爱上他的。一切始于她无意中读到的一篇同人小说,故事的主人公叫"Y/N"或"你的名字"(Your Name)。文中出现"Y/N"的地方,读者可以将自己的名字代入其中,与在现实生活中无缘遇见的明星,展开一段共同的经历。

读完第一篇 Y/N 的故事后,莉泽对自己有了不可思议的认知:十九岁那年,未婚的她生下了 Moon。在贵族家庭的逼迫下,她只好把 Moon 放在了孤儿院。他长大后成为一名卡车司机,专门运输比赛用的良马。他牵着一匹栗色母马,大步走到她的庄园门前——这就是他们团聚的场景。两个人一言不发,认出了对方。接下来是一个如梦如幻的夏天,两人一起去了很远的地方,她骑在马背上,他坐在卡车里……

直到读完了故事,莉泽才知道男孩们,知道他们多么有名,知道 Moon 是如何与其他人一起唱歌、跳舞的。但这些对她来说都不重要。她迫切地渴望了解自己人生未知的一面,于是开始一个接一个地读 Y/N 的故事。

工程师挺直后背,那样子活像个不高兴的男族长。

"Y/N 小说让我犯困,"他说道,"为了迎合每一个可能的读者,迎合不同读者的人生经历,作者创造一个毫无个性的人物。但主人公若是缺乏个性,是构不成真正的故事的。所以Y/N称不上是故事，有的只是荒诞、跳脱的情节。这是对我们的警告，我也希望你们能注意。任何妄想成为Moon命中注定之人的粉丝，他们的个体身份都会被抹去。"他示意一了下我们的桌子和眼前的活动："这，比你这一个体要大得多，你不是Y/N。我们所有人才是，同时都是。"

"不，"莉泽眼睛眨也不眨地说道，"只有我是Y/N。只有一次，我不是Y/N。"

她开始讲述：因为想要体验和Moon做邻居的感觉，她又读了另一篇同人文。这个故事里的Moon住在柏林。令她心烦的是，这一次的Moon很像她的前任。他们都是哲学家，读一样的书，出没于同样的酒吧，甚至左大腿内侧都有相同的胎记。每次看到她从远处走来，他们都会发疯似的挥舞手臂。

"那个故事里的Y/N不可能是我，"她说道，"因为那个Y/N实在太像我了。重点在于，我不再是我，我是Y/N。我已经将命运交付到自己手里，我已经认定：我是一个认识Moon的人。"

听起来，莉泽读过我在"大魔法师"上的故事。我再次试图与她对视，可她的视线始终停留在工程师身上。只见那工程师脸上露出的鄙夷越发明显，我倒还真佩服起莉泽的坚韧来了。

"一个人不可能同时成为许多不同的人，"他说道，"你说你是 Y/N，但其实你谁都不是。你只是一个占位符，一个等待被填补的空缺。"

"没错，"说着，莉泽露出恍惚的笑容。"Moon 是一个奇特的存在。从来没有人可以像他这般，以后也不会再有。他太独特，太罕见。为了能和他交集，我必须把自己代入每一个人物。他始终待在原处；而我在不停地漫游。"

我插话说："可是你的工作和朋友怎么办？还有你每天早晨醒来面对的生活？甚至包括现在——你坐在这里，怎么维持真实的自己？"

她的嘴唇颤抖着，似乎用尽全身力气，努力不去看我。我被她的回避激怒了，继续逼问：

"莉泽，对吧？还是说你已经不叫莉泽了？"

她猛然看向我这边，抬起双手，遮住脸。

"我知道你不是他，"她说着，突然哭了出来，"在你面前谈论 Moon，我会异常兴奋，又觉得十分窘迫。你只是一个假扮的 Moon，但我早已知道自己愿意为你做任何事。你让我笑，让我哭，让我尖叫。比起我的前任，你所引发的这一切都更快、更好。你是一台更先进的机器，让他变得赘余。我曾经一度以为继他之后，自己再也不会爱上任何人。可最近，我和他复合了，却只维持了一天。我一直希望你是我们的儿子。我强迫他拍照时在我们之间留出一个位置，因为那本该是属于你的地方。"

我的卧室有一扇带铰链的大方窗，可以像门一样敞开。星期天的早晨，窗下是没有行人也没有植被的街道，像是被一场人为活动无情地净化过。空气中弥漫着油炸肉、现煮咖啡和香烟的气味——尽是物质烧焦后愈加浓烈的味道。两个身着黑衣、目光呆滞的年轻人跌跌撞撞地从左边走来。最惹人注意的是，他们彼此之间并无狂热的欲望。远处响起教堂的钟声。我想象不出教堂长椅上坐了人的样子。

我翻开笔记本，继续 Y/N 和 Moon 的故事。

这对恋人搬到了首尔，这样 Moon 就可以找到他的生母。他们都不懂韩语，于是 Y/N 提议一起上语言课：

"我，美籍韩国人。你，德籍韩国人。若是说英语，你会挣扎着不知道怎么表达。说德语时，挣扎的人就成了我。但如果说韩语，我们就都一样了。"

他们报了课，他们坐下，他们抬头看白板，他们在家埋头苦练。韩语的发音让两个外国人感到陌生，让他们的嘴角生出新的皱纹，让他们的嘴唇获得新的矢量，让他们更加擅长接吻。

Moon了解到，他的生母是一位出色的舞蹈家，在参加某场演出的路上遭遇车祸而丧生。他想象她的身体——他生命的源头——被压在汽车柔软的座椅和冰冷的金属之间，每一滴闪着金色波纹的舞蹈因子都被挤出来。他开始上舞蹈课。很快，他超越了一个又一个老师。于是他决定自学所有艺术。Y/N把家中的家具推到一边，好让他有更多的空间练习。她坐在角落里，欣赏他身体语言的维度迅速拓宽。他们为之震惊：原来他一直可以成为这样的人。他甚至可以在床上创造出新奇的姿势。她试图将自己僵硬的身体融入其中。接着，他们一起喘息、喘息、喘息。

"我嫉妒你，"她把头靠在他的胸膛，喃喃道，"现在你学会了跳舞，就可以用不同的方式行走于这世上。你再也看不见路，只能看见长长的舞台。无父，无母。我爱你，很爱你。"

第二天练习时，Moon将双臂掷向空中。他头向后仰，凝视自己的手指。手指伸直，一副接受馈赠的姿态：既不贪婪，也不故作冷漠。紧接着是一段无法付诸语言的舞蹈。Y/N急切地想获悉关于她人生的一切，她感觉自己所能领悟的种种都寓于Moon的舞蹈中。那冲击隐晦、剧烈，而非虚弱、精确。与世界的真实短暂相触，令Y/N的感官有种强烈的被包裹感。这套舞步诉说着无法度量的情感，它是度量本身。它意味着一切，又等同于无。他让自我膨胀，但最终抵达的是"零"。他的舞步就是杯中的内容，而非杯子本身，能将他溢出的动作付诸概念的容器并不存在。

不管这舞步是什么，我确信Moon此前从未创造出它。我同样笃定，他是世上唯一可以创造出它的人。

等我在"大魔法师"网站上将新章节更新完毕，外面天色已黑。我站起身，胳膊举过头顶，伸了个懒腰。我好奇自己是否可以跳出小说描述的神秘舞蹈——属于我的"Moon之幻想"的舞步。我尝试一番，身体猛地传来一阵剧痛。四肢伸至不可能的极限，肌肉既紧绷又放松。我的头颅似乎成了一个独立的个体，一个宛如刚从监狱里释放出来的个体，如此独立，如此饱含敌意。我喘不过气，瘫倒在床垫上。

那晚，我做了一个梦。梦中，我的视野中只有Moon，他的嘴里龇出野兽的獠牙，巨大的、弯钩状的獠牙。他无法合上嘴巴。但除此之外，他看起来没有变化。在梦中的世界里，每个人都知道他长着獠牙，却都视而不见。对我们的灵魂来说，只能看到他的美也是件好事。

第 4 章 无限的否定

他已经无法给予更多。可她仍想得到一切——他不是的一切，他永远不会是的一切。他存在于那"不是"之中——就连这"不是"，她也想要。

"大魔法师"网站的数据分析部依照故事中出场的明星和虚构人物列出了一份详细的名单。根据被设定为故事主角的次数,名单上的四百多人被排了次序。我惊诧地看到 Moon 排在第一位。

自演唱会结束后,我就学会了接受 Moon 呈现的样子。我并非害怕发现他形象背后隐藏的商业算计,我只是笃信:知晓一切,一切就会变得了无意义。我不需要看到表演的幕后花絮,亦不想去探寻背后的任何细节。我想要的,只深深地沉溺于幻想的泥沼。我想要的,仅是可以自由地幻想 Moon 的一切。但他位列第一的事实让我感到忐忑,仿佛我的想象力——那片仅存的可以让我真正自由的领地——恰恰代表了于我最为乏味的东西:从众。我了解自己对 Moon 的感情,既不独特,也不极端,我甚至觉得这种高人气是他应得的。但创作关于他的故事，本应意味着一种更高程度的虔诚，一种不同于寻常粉丝的优越癖好。

第一次，我开始怀疑这份爱的罕有性，怀疑其中包含的真相。我瞥见一种未来的可能性：我不再对 Moon 有任何感觉，像是一个将要分手的人，既感到解脱，又有些忧伤。恍惚间，我险些昏厥。我曾不无自豪地认为这份爱是一股并不安定的力量，但此刻它竟成了支撑我的定力。

我注视着名单，全身僵硬。

突然间，Moon 高涨的人气让我觉得荒谬。就好像，"苦难"或"神圣"被掺进了人物名单里。Moon 不是一个人物，而是一个主题，一个普世的恒久存在。他超越了"Moon"这一个体。他的领地四处扩张，不见止境；我只想在无人想到的地方搭建自己的帐篷。我的 Moon，与其他人笔下的 Moon 并无关联。我的 Moon 不是出现在名单第一位的 Moon，名单第一位还不足够。我的 Moon 是一整张名单。

*

黄昏的天显出一片挫伤般的瘀紫。我拐进一条居民区的街道，街上的行人已经不再称得上"年轻"。他们一个接一个地消失在楼中，周身散发着冷峻的气质，仿佛在竭力抵消塞满蔬菜和卫生纸的帆布袋所坦陈的平庸。随着他们身后的门砰然关闭，一束金黄的光贯穿楼梯间，即使站在远处，也能清楚地看到他们缓慢爬升的身影。某间公寓里，一个讶异的孩子正反复叫喊。我羡慕他那不倦的感受力，羡慕他对周遭施加于他的力量越发熟悉，却能依旧毫不顾忌。

在这年首个和煦的日子里，男孩们回到首尔，回到四个月前他们开始环球巡演的首个舞台，为这趟旅程收尾。我本应待在家里，观看他们最后一场演出的直播。可我却在外面，转遍整个柏林城，走动的范围逐渐扩大，继而又缩小，直到进入马斯特森所在的街区，想给他一个发现我的机会。我知道自己大可打电话给他，要求见上一面。但我不想将自己的存在强加于他，而更愿意不知羞耻地展现自己的身体，以便他随时侵占。

在我走入他居住的街道时，天空已然昏暗。一楼的酒吧里，正放着轻佻迷离的乐曲。酒吧外，酒水单静静地躺在亮着灯的玻璃框中，仿佛在陈列一首极为重要的诗。我躲在他家对面破旧的路灯下。看到三楼他的卧室漆黑一片，我松了一口气。

就在我准备继续往前走时，房间里的灯亮了。他出现在窗边。我恼火地想，凭什么他可以出现在这个世界上我唯一不能出现的地方？他低头看着我，露出怅然若失的表情，将一只无力的手举到窗前。他是被禁锢在房间里了吗？我猛然张开双手，示意着自由和释放，想让他知道我会去救他。接着，我又担心他会把这误解为我期望我们也像那手一般分开，便怯怯地露出掌心，按在胸口。"你的手，抵住了我的心。"我说道。

他的目光无法从我身上移开。似乎正有一股忧郁的力量将他攫住。我明白，我得不惜一切地让他时刻都想我。爱，无非就是为某个人的思念赋予一层独特的色彩；对于这一色彩的感知始终在变化，这一刻是厌恶，下一刻则是渴望。而我必须冒着前者的风险，以实现后者。

马斯特森轻轻挥了挥手，但他的脸上没有浮现丝毫见到我的喜悦。当他转身向后看去时，我仍旧努力地解读他的表情。他动了动嘴唇，接着摇摇头，勉强挤出一丝笑容。难道房间里还有别人吗？他走开了，窗景里只留下白色天花板的一角，两条顶角线在那里汇为直角。那一角似乎隐喻着某种深沉的内在，仅是看到它，就令我痛苦。

忽然，砰的一声。我只能看到马斯特森手腕转着，拧紧了窗户把手的锁。我使劲眨了眨眼睛，苦苦地想弄明白到底发生了什么。白色的窗帘落下，灯也关上了。我跟跄着离开，不敢相信这一切。窗户之前一直是敞开的。他就站在那里，就在那里。我本可以和他说说话，本可以伸进一只手。其实和他重新在一起也只需要这些：奔向马路对面，踮起脚尖，伸出手臂，把手悄悄地摸进去。

Moon 和 Y/N 已经在首尔住了半年。他们拿到了发给在外同胞的签证，可以继续留在这个国家。Y/N 找到了一份家教的工作，给一位富商的郁闷儿子教英语。

一天晚上，Y/N 乘地铁下班回家，她提早一站出来，想要走一走。经过一个公园的出口，她看到一位年轻男子在水泥广场上跳舞。她在黑暗中眯起眼睛，试图看得更清楚些——是 Moon。一小群人——大多是女性——簇拥着他，Y/N 的心里涌出强烈的嫉妒。她站在人群之后。他为什么没把这些夜间的表演告诉她？他是不是还藏着别的秘密？

Moon 沉浸在自己慵懒的舞步中，没有看到她。他的双肘碰撞，骨头发出清晰的咔嗒声，接着迅速分开，露出两块纽扣似的新生的淤青。

Y/N走回家，悲伤裹住了她。

她陷进床里，删掉了手机中所有Moon的照片。她厌倦了在通勤路上看着这些照片，厌倦了宽慰自己晚上回家就能看到、触到真实的他。她意识到，对照片的失落亦是一种愉悦，因为那失落反而强化了所谓的真实。但真实的并不够真实。Moon并不够真实。她太渴望他了。这欲望并不正常。他已经无法给予更多。可她仍想得到一切——他不是的一切，他永远不会是的一切。他存在于那"不是"之中——就连这"不是"，她也想要。但这矛盾无法逾越的。她永远无法拥有，所以她才爱；她爱她无法拥有的一切；但若无法拥有她所爱的——因为得不到而爱着的事物——她就会死。

她心想自己能否跑出公寓，拦一辆出租车，前往坡州[1]。时间会过去。她会变成Moon的陌生人，Moon也会成为她的陌生人。只有到那个时候，她才会回到首尔。她会偷偷地跟着他，走遍整个城市。她会监听他的手机，黑进他的账号。没错，就该如此。她必须成为一名间谍。只有从他的认知中彻底消失，

1　韩国北部城市，属京畿道，距首尔约四十千米。

她才能见证他真实的一面。

她听到公寓楼的走廊里传来 Moon 的脚步声。她真的能离开他吗？钥匙滑入锁孔，金属发出吱嘎声，她出现了条件反射：不，她要留下。她把手机摔到墙上，对甘愿接受一段不足之爱的自己感到厌恶。

那天晚上，她和 Moon 吻了对方数小时。失望之下，她抽离身体，说："你对我真的是太好了，我很感激，但接下来呢？"两具肉体紧贴着，上下滑动，她开始觉得，这不过是对他们无法真正相融的一种绝望回应。

"我们为什么不结婚？"Moon 说道。

"当然可以结，"Y/N 说道，"紧接着十年不断生孩子养孩子，然后呢？"

"我们可以一起死……"

Y/N 的指尖在他的胸膛上不耐烦地点着。

"再然后呢？"

困意袭来。她没再多想，将脸埋进他的颈窝，亲吻每一寸肌肤，她轻轻地咬起那肌肤。惬意，有种家的感觉。她沉浸于这肉身的一角，甚至忘记了 Moon 的存在。

Y/N 肿着嘴唇去工作。那位郁闷的学生放下笔，询问是否可以吻她。她抬起头，震惊地盯着眼前的男孩。他的脸已经贴了过来。Y/N 瞬间明白，自己是不会扭过头去的。

羞愧、猎奇，甚至还有野心，在她的胸口深处缠成一枚结。她和学生接吻，身下压着单词本。嘴唇粘在一起，声音像是无线电里的杂音。她发觉学生身上用的是和 Moon 一样的香体剂，这个年纪的男孩都喜欢这个牌子。

那天晚上回家路上，Y/N 又提前一站下了地铁，她想要再去看一眼 Moon。她站在人群后排，停在那片染上瘀紫的黄昏中。她睁大眼睛。Moon 的脖子上也有很多瘀紫，是昨晚的亲吻留给他的。在四周的黑暗中，她甚至看不清那脖子从哪里开始，又在哪里结束。他的头看着甚至像是悬于肩膀上。Moon 的头被斩首得如此干净利落，甚至它自身都未曾意识到。

我在城市里游荡，不确定自己是不是病了。呼吸变得困难，腹部郁结了对浓烈气味的厌恶。我跟随午夜狂欢的人群走过一条街道，惊讶地发现莉泽正朝着和我相同的方向走去，她和我之间隔了两个陌生人。她发觉我认出了她，畏缩起来，但还是装作没看见我。我被她拙劣的手段激怒，走上前去，一把将她从人群中拽了出来。

我和她经过路灯，进了一条静谧的街道，我斜眼看她。深邃的几何形阴影映在她的脸上，肆意分割她的面庞。她看上去焦躁不安，嘴角一直在抽搐，不时露出明晃晃的白齿。

"要是吓到你的话我很抱歉，"她说道，"但这就是你自己的问题了。你不停地从一个地方换到另一个地方，让我也无法安定下来，自然地融入你周围的环境，只能像个粗暴的惊喜一样于此刻爆发。"

"你想从我这里得到什么？"我冷冷地问。

"不要这样讲，"她说，"我忍受不了。求求你了，我想要你跟我在一起会安心。"

"停，我又不是Moon。我才不会帮你实现这种荒唐的臆想。"

"不。"她说道。

"不什么？"

"刚刚那句话。全部都不。"

她的下巴开始颤抖，皮肤皱成一团，又迅速平复，我禁不住担心这种不稳定会蔓延至她的整张脸。她用双臂搂住我的肩膀。

"噢，我真是特别生你母亲的气，"她说着，头挨着我的头,"要是我是她,我才不会将你放逐到这世上,到这个没有什么能依靠、没有什么能确定的世上。我会把你留在我的子宫里,越久越好,即使那意味着我会丧命。"

不知道为什么,我从来没有把 Moon 想象成婴儿。我也没有想象过他会死去。他似乎是完整地来到这个世上的,我也期待他会如此消失。

"在你妈妈的体内,你还是圆滚滚的,是完整的自己,"莉泽继续说道,"你什么都不要。可是有一天,你出生了,噩梦也开始了。你的身体被扯向各个方向。你的胳膊、腿、脖子,甚至头发——它们不该是这副样子。在世界这个巨大的广场上,它们不断试探,向外伸展,只求在任意某处得到一个泊位。"

我的视线越过她的肩膀。我们正站在一个主十字路口。巨大的公共时钟铭刻着时间,那是一个真切而可怕的数字。

"我想吐。"我说。

"跟我来。"莉泽说着,牵起我的手,"我只想做饭、打扫卫生和照顾你。我不会提任何要求。你甚至不需要爱我。让我做你的母亲就行。"

"不,"我说着,挣脱开双手,"不,那样不行。"

我跌跌撞撞地绕过莉泽,走进一家酒品商店,突如其来的荧光让我忍不住眯起眼睛。我被窗户上自己的影子吓了一跳：脸上的主要特征被粗暴地凸显出来，仿佛只是我的简陋雏形。我扑在玻璃柜台上，把所有彩色塑料打火机从盒子里摇出来。收银台的男人说，一共是二十欧元。

"嘿，"莉泽在我身后说，"怎么了？"

我闭上眼睛，试着将此刻的疼痛具象化。在一阵恶心中似有明晃晃的针尖将我刺痛。眼前的世界失去了颜色。脸颊下的柜台散发着手和硬币的腥味。

"我不知道今天剩下的时间要做什么，"我说，"我回家，然后呢？眼前的这些时间我要如何度过？但时间又远远不够的。不够干什么？我不知道。"

"很简单，"莉泽说，"找到你爱的人，一直跟着他们，直到世界的尽头。其他的一切不重要。"

"可是如果他们转过头，朝我吐口水，怎么办？如果他们像驱赶流浪狗那样摆摆手呢？"我想起马斯特森站在窗边，"就好像他们要把流浪狗从地表上抹除。"

我怀着对自我的厌恶，抖了下身子。男人用指关节敲着柜台，重复了一遍价格：二十欧元。接着我听到了韩语。我从柜台上直起身，看到头顶的等离子屏幕正在播放来自首尔的新闻。经纪公司的音乐教授难得在一群记者前露面。她身着宽松的红色西装，戴着黑色墨镜，用不带任何感情色彩的口吻，宣布 Moon 在结束男孩们的上一场演出后，就已退出组合，公司将不会就此事公布更多的细节。她没有说再见，甚至没有鞠躬，就快步溜进了旁边的黑色商务车。新闻切到了几周前我在派对上穿着粉色斗篷的画面。画面中，我握着一个粉丝的手，脸上满是幸福与慷慨。我从未想过这种表情会出现在自己的脸上。

我吐了出来，弄脏了所有的打火机，男人强调价格照旧，还是二十欧元。他说得没错——我无法偿付自己体内的一切。

Moon 退团的新闻没有后续。其他成员在公众的视线消失了，下一张专辑的发布被无限期地推迟。网上的声浪极其汹涌。Moon 是自愿退出的吗？他死了吗？还是说他搬去了月球，献身于科学事业，将自己化作一个隐喻？

大约就在这段时间，我终于收到了马斯特森的回复。但不是一封信，而是一家公司的宣传册。这家公司为那些爱上某人，但与对方确立关系的机会为"无限的否定"的人士提供心理治疗。该公司尤其擅长应对的客户，爱上的正是那些"不得的"、压根儿不知他们存在的明星。

出于对心灵平静那份怯懦的渴望，我决定试一下心理治疗。作为引导，菲诗崴芙[1]医生给我进行了一次免费的视频诊疗，视频电话是他从位于洛杉矶的办公室打来的。他的脸离屏幕很近，眼睛时常游离在屏幕之外，徒留一张嘴巴在画面中。单独看来，他那紫红色嘴唇显得又不切实际又繁复冗余，仿佛它们被造就出来只是为了扭曲声音。

菲诗崴芙医生一直把Moon称为"最近死去的人"。

"我的部分客户迷恋的是那些从最初就已死去的人，"他说道，"那是最复杂的案例。你应当为此感到庆幸。接受实时发生的死亡要容易一些。"

"要我再重复一遍吗？"我说，"Moon没死。他只是退团了。"

"退团等于死亡。这么想，你才能更快恢复。"

"我不可能凭借幻想恢复。"

"难道你还没有明白？到目前为止，你经历的都是一场幻想。鉴于你的状况如此严重，现阶段我们只能争取减轻你的幻想，而非完全消除。"

"他可能会回归。"

---

[1] Fishwife，有"卖鱼妇"之意，亦有"粗野妇人"之意。

"所以呢？你见到他的可能性，几近于零。"

菲诗崴芙用力挤出一副关怀的神色。我将窗口最小化。

"就算是永远见不到他，也没关系，"我盯着天花板，说道，"我就是喜欢那种我们两个人在同一个时空中穿梭的感觉。我需要他在，我需要知道，此时此刻他就在这世界的某个地方，低头看着自己的双手。也许是我把他想错了，是我的幻想把他歪曲成了荒唐的讽刺画——即便是这样，我也需要知道，自己所做的这一切虚妄，都是在回应某些真实之物。"

"其实你并不需要他回归，甚至都不需要他活着。就把他想作你最爱电影里的主人公，现在，电影落幕了。"

"不，"我说，"我厌倦了将现实视为仅发生在我身上的事。我渺小的人生不可能容得下所有人类的体验。"

我听到菲诗崴芙医生翻阅笔记的声音。

"你的过往，"他说道，"的确表明你很容易陷入另一种爱而不得：文学作品的主人公根据自己的意志，频繁地做出一些损害自身的反常行为。如果你能继续跟我治疗，我可以引导你像性别研究教授那样阅读小说，而不是像一个恍惚、古怪的小孩。"

"我又不是在书上读到了 Moon。我是在一次演唱会上见到了他，还有跟他一起工作的其他人。他们说他闻起来像是雨后的草坪。"

"没错,他是真实的人,值得更好的感情,好过你所宣称的感情。"

"抱歉,我可从来没有宣称过什么。"

"你决定要和他保持合适的距离,这样你就可以继续渴望他,而免受痛苦。好吧,其实你不是在爱他,你只是个粉丝——无聊、倦怠、饱食。要是真的爱他,你现在就应该站在首尔了。你应该一天到晚都在街上寻觅他的踪影。这份苦活会让你垮掉,直至你变成一团只剩心脏的浓浆,其他的器官都会被碾碎,彻底废掉。"

我怔住了,哑口无言。

"走出爱情的最好方法,"菲诗崴芙医生继续说,"是意识到需要走出的爱情根本不存在。在之后的疗程中,我们会配合使用有机益生菌的补剂,我们可以消除你心瘾的核心——自我蔑视,这种自我蔑视让你执着于追求虚幻的爱情,还将其伪装成外来的……"

我关掉了视频,打开世界地图,放大首尔。我已经有十年没去过那里了。我在不同的网页间切换,订了一张单程机票。

第 5 章 真实的生活

我不想要真实的生活，甚至不想要什么浪漫的感情。没有什么比和 Moon 结婚更让我恐惧的了。我想要的是其他的东西。

维芙拉以为我离开是为了和马斯特森来一场和解之旅。当我从仁川机场给她打电话,告诉她我根本没和马斯特森在一起,而且至少一个月都不会回公寓时,她展开了一场严肃的分析,针对我和马斯特森的关系,针对我的工作,甚至针对接下来我和移民局的会面。我盯着那只孤零零的行李箱,看着它在传送带上一圈圈地移动,听着维芙拉对我人生的简略描述,我瞬间泄了气。

"莫非你是要在那边发现自我吗?"她突然充满希冀地问道。

"什么?"我说,"不是。"

在前往首尔的公交车上,旁边坐着的男人刚刚结束了出差。从他打电话的内容我得知,这趟出行令他烦躁不已。我听到电话那头,他的妻子絮絮叨叨地安抚他。

"我知道了，知道了，知道了，"他说，"知道了，知道了，知道了。"一挂掉电话，他就沉沉地昏睡过去，让我略感不适，好像他已经向我展露了过多自我。

我拉开车窗边的小帘子，外面的景象令人震撼。一排排齐整的长方形公寓大楼，平均每栋楼有三十层，遮住了视野远处的山脉。高楼里的一家家人坐在真皮沙发上，像坐在山巅上一样。汉江在高架公路旁流淌，我惊讶于它竟如此之宽，宛如一条巨型黑蛇，背部肌肉健硕，在被搭建起来的景观中蜿蜒而过，冷峻、恢宏得叫人生畏。

我在圣水洞的一座立交桥的桥墩下了车。我多年未见的叔叔正在车里等我。他开车来到一栋四层高的公寓前，贴着灰砖的外墙被废气熏得发黑，二楼有一家专精部队火锅的餐馆、一家做刀削面的面馆、一家提供座椅的咖啡店和一家不提供座椅的咖啡店。地下室有一个烟雾缭绕的台球厅。大楼的最顶层一角，是一座后期仓促加盖的建筑，波浪纹的金属墙壁衬得它好像一个集装箱。叔叔说那里就是我要住的地方。这个临时借来的单间原是叔叔表亲家儿子的，那人正在服义务兵役。"和平，"我在脑海里幻想这位远房亲戚在动身服役时喃喃自语道，"我寻求和平。"

叔叔是在一家电子产品公司上班，他还要赶回办公室去，不过还是挤出时间快速检查了一番公寓。正值六月。我们不停地念叨着这天气热得叫人难以置信。不信似乎已成为我们抵御外界骇人热量的最后一道防线，尽管这毫无作用。我们各自的汗水让对方都颇感难为情。我们彼此并不熟悉，可身体却放肆地进行着自我袒露。当他以为我没在看时，赶忙弯下腰，用一块纸巾抹干地板上的汗水。

叔叔离开后，我走出大楼，去散散步。还没走出两个街区，一个中年女人过来搭讪。

"你的眼睛真是清亮。"她说。

我不确定是否要回应，还是等她说下去。仅凭她那样子，我无法推断出她这话的用意。她穿着朴素，脸上没有化妆；脸色蜡黄，俨然一个常年受苦的母亲。我谢了她，继续往前，她却跟我并排走。我注意到她走路一瘸一拐。

"你的眼睛里充满善意，"她说，"不过也有悲伤。"

"你是什么意思？"我小心地问。

"我们得找个地方聊一聊。"

"聊什么？"好奇心驱使我问道。

她受到了鼓舞，抓住我的胳膊，用惊人的力气拽着我。

"来这边，等我们到安静的地方，我就会解释。"

我挣脱了她，转身朝公寓走。我被这场遭遇吓坏了，也没了散步的念头。我回过头，看到她就在身后，正一瘸一拐地跟上来，露出讨好的笑容，但看起来并没有打算追上我。这也说明，她笃信定会再次找到我。

这天剩下的时间里，我没有见到一个邻居，只听见他们晚上下班归来时，从走廊传来的急促脚步声，接着是电子门锁得意的嘟嘟声。但住在我正对面的男人脚步蹒跚地进出好多次，听起来是借了拐杖在走路。那脚步显出巨大的决心，甚至勇气。我确信他年轻时定是个坚韧的爱人。他用一只装满泡菜的大塑料桶抵在门口，让前门敞开着。香烟的雾霭和晚间新闻的噪声随之飘进了我的房间。有一次，他的房间爆发出贝多芬《第五交响曲》的声音。

叔叔住在更南边，他打来电话问我是否安好。我用蹩脚的韩语说：麻烦不大，但有不少。"我真是太无知了。"我抽象地总结道。叔叔震惊于这样的自我评价，说我决不能在公共场合这样说自己。显然，韩语中的"无知"比我想的要刺耳得多。这个词我用了几十年，从来没有听出特别贬损的意味，尽管叔叔如此规劝，我也不确定自己之后能否听出来。更让我想不通的是，我所有关于这个城市的问题，都令他要么震惊，要么疑惑，他总是简单涉及某个主题，但不给出直接的回答。直到挂断电话，我才忽然意识到，自己一直在用陈述的语气询问"是或否"这类问题。我所有的不确定，在他听来都是我无比确定的宣示。

第二天，我在圣水站上了地铁。我听说江南有一家小餐馆，是男孩们出道前常去的地方。我站在地铁车厢的双层门前。右手边坐着的女人腿上放着一个比萨盒，盒上系着醒目的黄丝带。在她头顶上方，是一家整容机构的广告，展示着患者整容前后的照片，暗示整容后的美貌会让理想男人不禁激情犯罪。

地铁沿着一条高架轨道快速行驶。窗外是一片四边形屋顶汇成的海洋，屋顶都刷成鲜艳的绿色，看上去像一片肥沃的原野，被板块构造规整地切割开来。在一处屋顶上，有个抽烟的男人蹲在一排晾晒的衣服前。在他另一只手里，打火机正不断地闪烁着光。一张白色床单拍打着他的后背，他抬头盯着那片无尽的纯蓝——天空如气球般紧绷，我觉得他可以举起打火机，将整片天空炸裂。

我从江南的地铁站里出来，男孩们开始出现在每一个角落：海报、广告、显示屏，连身穿校服的女学生的书包上，都别着印有他们身影的徽章。Moon的形象出现在形形色色的产品上——炸鸡、游乐场、按摩椅、支票账户。他的每一次出现，都越发确认了"Moon不再跳舞"这一事实，却依旧荒谬地期待人们会为此买单。我看到他并不开心。相反，城市街景庸俗地契合着我私人的激情，只令我愤慨。

我在一条安静的巷子里找到了餐馆。里面没有普通的食客，只有粉丝。他们坐在矮桌边的地板上，对着墙壁和天花板拍照，上面贴满了男孩们的照片。我刚进去时，一群人正要离开男孩们常坐的桌子。那张桌子被拴在地板上，以明确其神圣的地位。餐馆里的每个人都对着男孩们坐过的桌子拍照，也把坐在桌边的我拍了进去。我想遮住自己的脸，好让他们的照片不掺入我那尖锐的个人性，但他们只是开心地按着快门。

我正埋头吃着一份月饼（Mooncake）汤，在Moon频繁光顾这家餐馆时，这道菜定是不存在的。香料浓郁的血色高汤里漂着一块块年糕，活像是刚从某人的关节窝里挖出来似的。我假装自己就是Moon，默默无闻，衣衫凌乱，被训练折磨得身心疲惫，蜷缩在汤碗前，可是每当我抬头吸气时，面对眼前的照片墙，我就会看到自己业已成为的明星。

一个染着蓝色头发的外国人突然坐在我对面。

"希望你不介意，"他用韩语说，"我只是想知道，我们的男孩们坐在这里是什么感觉。"他盯着我的汤碗，笑了起来："我就知道，我就知道你也喜欢Moon。你坐的就是他的位置。"

"只要你不把我错当成他，你在这里坐多久都行。"我说。

"没有冒犯的意思，但我永远不会把你当成他，特别是在最近这段时间。"

那人露出一副心照不宣的表情。这表情实属多余。我问他所指的是不是Moon突然退队，我又补充说，这件事的严重程度相当于一个国家从地图上消失。男人高兴地认定，我和他同属"Moon派"。

"最好趁现在好好享受，"他指着墙，压低声音，"有传言说，他们要把首尔城里Moon的形象抹除干净。很快，这个人就会变得好像从未存在过。所以我和我的团队立志要至死守护与Moon相关的记忆。我们现在正一起吃午餐呢。和我们一块吧，我喜欢你，喜欢你爱Moon的方式。"

我跟着他来到餐馆的另一边。他的"团队"原来只是一对情侣，也是外国人，二人根本没有意识到我的存在。这一男一女面对面盘腿坐着,二十根手指交叉相握,并成球状。一人说"Moon",另一人沉思片刻,然后也说"Moon",就这样循环往复。"Moon"在我耳朵边重复了太多次,这个名字开始像棱镜般折射出读音类似的其他字眼。

"Moan(吟)。"

"Mown(刈)。"

蓝发男说,他们三个起初是在一个关于 Moon 的线上论坛里相遇的。第一次线下见面时,这两人就迅速坠入爱河。在见到对方之前,他们对 Moon 的激情驱离了身边一个又一个恋人。这些过往的恋人,全部是"异教徒",他们不明白伴侣如何能爱着自己,同时也爱着 Moon。对此,男人和女人都不太理解。因此,此前的浪漫爱情带来的都是失望:满足恋人就意味着背叛 Moon,亦等同于自我背叛,最终只能招致憎恶和扼杀;一枝开花,另一枝就会枯萎。直到男人和女人见到了彼此,他们顿悟,自己只能和爱慕 Moon 的人相爱。准确地讲,他们对 Moon 的爱,必须胜过他们对对方的爱,如此二人之间那一丝爱情才可以勉强维系。这对恋人甚至不知道对方的真实姓名。他们的交谈只需要"Moon"这一个词——然而,蓝发男严肃地指出,他们无论如何都不会称呼对方"Moon"。

Moon 的消失对这对恋人的打击几近致命。他们放声痛骂，将残酷的言语掷向对方，身体失去平衡，只能靠在对方的肩膀上。没有了来自 Moon 的引力，他们体内掀起了骇浪，陷入倾覆的混乱。蓝发男不得不拟定出方案，予以干预。现在，三人组致力于保存 Moon 存在过的每一丝痕迹，以应付"清除计划"的到来。他们还准备了几十个移动硬盘，分别存放在各自家中。

"可最大的问题尚未解决，"男人说道，"首先，Moon 为什么要消失？为什么他要熄灭照在我们身上的光？"

一开始，"说句心里话"，他们很生 Moon 的气。但他们三人决定，既然他们是真心爱 Moon，就必须任由他消失，而不必苛求原因。余下的只有拼命地记住 Moon。但是要怎么做呢？朋友会渐行渐远，恋人会伤透你的心，随着日子一天天过去，你对这些人的在乎也会一点点减少。那对一个已经消失的人，你要怎样才能让自己越来越在乎？

"Mourn（悼）。"恋爱中的女人说。

"Moron（痴）。"恋爱中的男人说。

*

蓝发男说他这儿鲜有客人，我能看出来原因。我们待在他顶楼公寓的卧室里，房间的墙壁和天花板上贴满了 Moon 的海报。男人走了一圈，用拳头在海报上压来滚去，让它们粘得更牢靠。

"已经没有袒露在外的白墙了。"他说道。

这个房间的杂乱之中满是 Moon 的痕迹，自然将我这一天推向了高潮。但我最近觉得，保持一定的距离是必要的。Moon 的形象应如路德宗圣坛上的神器，应是一件坚硬的、复杂的物品，在紊乱的信仰体系中，缓缓成形。

为了交流方便，我和男人切换成英语。他说，他能听出我来自美国，他办公室的美国产品经理说韩语时，口音跟我一样。他自己在一年前搬到首尔之后，就致力于成为一个韩国人，正在努力消除自己的口音。我听不出来他来自哪个国家，也压根儿不在乎。我只想知道，他的公司卖的是什么产品。

"我们是一家全球性企业，"他回答，"致力于帮助社会中成功人士培养同理心。你知道那些每月给客户送水果篮的公司吗？我们的想法也差不多。每个月，我们都会给客户一天时间，让他们假扮成自己完全不想成为的人。我负责为客户设置情境，比方说让他们在某一天被赶出家门。我还会给客户安排三个号啕大哭的孩子，增加挑战性，小女孩的脸上还带了或许是红斑狼疮的斑点。到下个月，我会让客户变成一个流浪者，这是一个合理的过渡。我们还让他们当一天的瘾君子——虽然我们的很多客户已经是了，但我们加了码，不让他们订什么文化杂志，你没法想象这会引发多大的变化。我们让女性客户体验被丈夫家暴的一天。一天结束后，她们往往会惊讶于走出角色的演员举止是多么儒雅，爱上他甚至也是常事。客户对我们的项目赞不绝口，它丰富了他们对人性的体验。一些客户会打电话给自己的母亲。对唇裂儿童捐款的暴增也是我们一手促成的。"

从男人的嘴唇来看，他若是有阴唇，也定是如此皲裂且冷淡。我想不通，他怎么可能和我爱上同一个人。难道说对 Moon 的爱是人类普遍的情感？每当有人说"我爱你"的时候，难道他们真正想说的是"我爱 Moon"？

"不管怎么说，工作都不是我生活里最重要的事，"男人接着说，"我搬到首尔的真正目的，是想见 Moon。所有人都说我疯了，但毫无疑问，离开家乡，来到这里，我就更有机会见到 Moon。况且谁也说不准，他如今自由的时间多的是，兴许还会购买我们公司的产品。"

"我懂了,"我迟缓地说,"那跟他见面能让你得到什么?"

"我……我想要……"他陷入一种不安的静默。转瞬间,一丝笃信又回到他的脸上,"真实的生活。是的,那就是我想要的。"他走到床边,那里立着一个真人大小的 Moon 的塑料模型。"身高或许没问题,脸或许也没问题,但这只是一个可悲的仿制品。"他抓住人体模型的胳膊,把它扔到地上。"听 Moon 谈论天气,我打着哈欠——这才是真实的生活;Moon 进门,我懒得抬头——这才是真实的生活;和 Moon 单独站在房间里,就像这样,"他抓着我的肩膀,将我拉近,"这才是真实的生活。我希望他在内心深处是一个小心眼又无趣的人,而我依旧爱他,即便他又小心眼又无趣。"

"你想驯服 Moon,"我说,"像驯服一条狗那样。"

"是的,"他误解了我的语气,"经历过那样一种职业,他需要的是平静和休息。"

近距离只是放大了这个男人的特征,却没有透露出任何新意。尽管他说话时充满深情,但他那双硕大的眼睛只让我觉得毫无生气。我试图后退一步,这时,他抓着我肩膀的手越发用力。见自己的肉身竟如此软弱,我只觉不安。我也不知道自己为什么会同意和他一起回家。

"你不也想见到 Moon 吗？"他说道，"我们何不互相帮助，找到他？我有一张首尔地图，上面标记了传言他私下去过的所有地方。"

"我不知道……"

"你的意思是，即使有机会见到他，你也不想见？"

"我当然想见他。"

"那么我们一起找他吧。你不觉得他会喜欢我们吗？"

"这不相干。"我说，目光投向他的身后。他的床头柜上放着一摞漫画书，夹着厚厚一沓钞票，标明他上次读到哪儿了。"不，你应该自己去找他。我只会妨碍你。我不想要真实的生活，甚至不想要什么浪漫的感情。没有什么比和 Moon 结婚更让我恐惧的了。我想要的是其他的东西。刻骨的认同、玄妙的事物、拜占庭式的圣像。我不想和他见面，我只想与他相识很多很多年。"

男人神色温柔，武断地回应我：

"我已经很久没有这么靠近别人的身体了，如果我们不去找 Moon，至少我们可以拥有对方。"

"抱歉，"我扭动着身体，挣脱他的手，"在这件事情上，不存在安慰奖。"

Y/N 的学生开始胡思乱想。他决定，下一堂课要在京都的祇王寺上。他的那对父母，等不及要出一份力，给这对师生订了往返机票。这将是 Y/N 的第一次日本之行。

他们从机场出来直奔祇王寺。初入苔藓花园，Y/N 感觉仿佛置身梦境。苔藓已经褪色，一些腐败的地方甚至呈黄褐色的苔晕，可色泽却比绿油油的叶片更浓郁、更真实。男孩带她来到一棵树旁，那儿的苔藓有处平缓的凹陷。他们同享这片洼地。她跪坐在地上，拉开背包的拉链，伸手去拿作业本时，男孩用手挡住了她的胳膊。接着，男孩把那只手放在她的背上，轻轻地推，直到她趴在地上。他的手滑向她的后脑勺，将她的头按进苔藓中。一只猕猴在头顶上方发出尖叫；两人静默不语。男孩跪在 Y/N 身旁，好像在教她如何像炙于火焰上的火，在即将来临的新介质中生存。

Y/N 嘴唇微张，喘息着。她伸出舌头，在丰茂的苔藓间探寻土壤。虫子爬上她的味蕾。没有味道。她睁开眼睛，只见一片昏沉的绿色。苔藓近在咫尺，她无法完全地看清，但这受限的视野令她愉悦。她厌倦了自由。自由太多了。她只是个渺小的人，住在渺小的房间里，她维持自己的渺小，以便巨大的事物能将她碾成一摊浆糊。苔藓嘶嘶作响，直扑她的脸。呼吸越发困难。她知道自己被困在了原处，却感觉自己就要去往一个崭新的地方。

她沉浸在苔藓中，自然无法看清。她必须以这样的方式了解Moon。她必须沉浸在他这一存在中，必须无法看清他。有时，在做爱时肌肤的相触中，她以为自己沉浸在Moon之中，眼前会满是黑暗而纷乱的抽象之物，但恋人终将分开。奇怪的是，在床垫上肉身分离的一瞬，眼前的他竟变成她靠近Moon的阻碍。她需要的是另一种沉浸——Moon是她周身的世界，是更高等的概念，透过Moon，她一切尘世的追寻都被折射出来。她必须停止试图在自己置身的次元中寻找Moon。

她合上双眸，用力将脸从藓丛上挪开，大口喘息。日光不断冲击她的眼皮，乞求被纳入她眼中。

从京都回来后，Y/N的内心被一种洞悉灼伤。她知道Moon必须成为一名表演者，而她必须成为其粉丝。她必须经由集体崇拜的巨大维度与他相遇。只有这样，她的爱才会有正确的尺度。她给首尔最大的娱乐公司打了电话，联系上了那里的一位星探。

一天晚上，Y/N和Moon买了一对鳕鱼，并排放在煎锅里，煎出嘶嘶的声音，香味在小小的公寓中弥漫开来，像是第三者的灵魂飘荡着。随着嘶嘶声减弱，Y/N才发现，Moon已经哭了好几分钟。他用颤抖的双手捂着脸。

"这定是我们一起吃的最后一餐了，"他说，"我必须在午夜离开，去学习跳舞，去为你这样的人跳舞。我必须在午夜离开，去学如何变得特别，而你必须保持现在的样子——不起眼，不为人所知。"

Y/N摆出一副慷慨的样子。她将吃剩的鳕鱼打包给他，跟他告别。

"糟糕的是，你我将作为两个平凡的人分开，迷失于人海，"她说完，两人在马路边相拥，"但你注定是个特别的人，甚至会成为一个出名的人，所以我会找到你的。"

等她回到家，她觉察之前在公寓里感知到的第三者的灵魂，分明是Moon即将成为的明星。每个人类的身体都可以分裂出一个独立的灵魂，游离于肉体之外。但那灵魂究竟比肉体更真实，还是更虚伪，她没有答案。

第 6 章 在宇宙中心

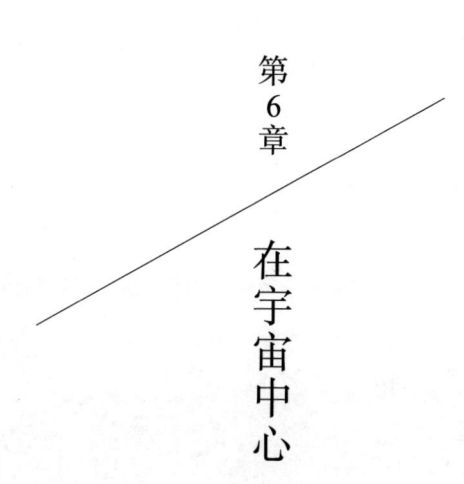

我想要一种完完全全属于我的激情，其他任何人都无法拥有。这种激情将彻底为我所有，如果我不存在，那激情也就不复存在。我想要的是根本的肯定。

瑞草区的一家剧院里，Moon之前待过的芭蕾舞团正在演出。去往剧院的路上，我发现一位年轻女子正从人行道另一端朝我走来。她似乎并没有注意到我紧锁着眉头，向她露出疑惑和挑衅。直到她在我面前停下，我才意识到她的目光锁定的是我脸部下方的更低处。

"那对鞋。"她开口道。

随着她的视线，我也低头看向脚上的乐福鞋，它由两块廉价的白色漆皮制成，鞋面有一枚闪亮的搭扣。有一回走在路上时，我的旧运动鞋散架了，迫不得已从一个开着卡车兜售的鞋贩那儿买下了这对鞋。

女人蹲下来，一把抓住了我左脚的鞋面，将它拽离了人行道。被迫单脚站立的我险些摔倒，不得不扶住她的头。她似乎并不在意，只是偏着脸，仔细盯着我的鞋底。

鞋底的凹槽塞满了泥土和泡芙奶油。她将一撮长得似乎没有尽头的头发丝从鞋底花纹的凹槽里拽了出来。随着奇怪的东西接连出现，白色漆皮逐渐恢复了一种紧绷的质感。

"终于遇到那个穿着我做的鞋底的人了，我已经等了太多年。"女人抬起头，注视着我。

"什么鞋底？"我蒙了。

她很快察觉我是外国人，于是指着我的鞋的底部。

"就是这部分，"她说，"我负责操作鞋底成型的机器。我在一家制鞋作坊工作，不过这家作坊就快关闭了。"

她把我的脚放回地上，随即站起身，起身的过程漫长得似乎会永远持续下去——她个子太高了。她向我低下头，那浅棕色虹膜上的黑点我都能看清。她漆黑的长发垂至腰间，眉毛像是生生短了几厘米。她可能是十四岁，也可能是四十岁。她身上的味道异常好闻。

"我能确切地体会你的脚踩在鞋底上的感觉，而我却不知道你要去哪里，怎么会这样呢？"她说，语气像是在暗示早在几周之前，当我还身处地球的另一端时，就应该把我的行程知会她。

"我正要去剧院。"我说。

"你是要去见你爱的人吗？他在等你吗？"她喘着气

问道，眼神坚毅而冷冽，"接下来的这段路，你会将手贴在心上，感受你的心在期待中燃烧吗？"

Moon 不曾等待过我，他无法等待一个他并不知道的人。如今，被人等待似乎是一种馈赠，我简直不敢相信曾有人等待过我，在世上一切可能的时间、一切可能的街道中，曾有人在某个时刻、在某处街角，等待过我。

"是的，"我说，"他在等我。"

"让我跟你一起去吧，"女人说，"我想知道，我的鞋底会将你带往何处。我想看到，你穿着它们会迎来怎样的命运转变。"

她跟我一起来到剧院，买了一张我座位旁边的票。走在我身边时，她步履轻盈，对任何阻碍我们穿过大厅的人投去恶狠狠的目光，好像我和 Moon 的命中的相逢决不可以被耽搁，哪怕一秒钟都不行。我们在晦暗的剧院里落座，我环顾四周。自然，哪里都见不到 Moon 的身影。

血色的帷幕拉开，演出开始。当我见到芭蕾舞者不可思议的优雅与精准时，我便明白了 Moon 的确曾经属于这个世界。但我也理解了他的缺陷：Moon 跳舞时，他展现的控制中透露着随时崩塌的危险；他的起点是死亡，而非力量，这为他的动作注入了史诗般的生存气息。但眼前的芭蕾舞者不过是平稳运行的机器罢了，如同氯丁橡胶般，不发出一丝噪声。有一次，某位舞者侧身摔倒，其他人甚至没有闪躲。他很快起身站稳，整个舞团在他周围凝固，形成无懈可击的完美。我感觉到舞者们在默默起誓，永远不要再让糟糕的事情发生。

中场休息刚开始，女人立刻转向我。

"你爱的人在哪里？"她问。

"他没在这里。"我说。

"我以为他在等你。"

"真相是，他根本不知道我是谁。"

"也许他这会儿正在其他地方等你。"

"我说过了，他根本不知道我是谁。"

"他等你，并不需要知道你是谁。你必须找到他。当你用自我的全部力量面对他时，他才会意识到，原来他一直都在等你。你必须以你之形出现，才能迫使他直视他的命运。"

我盯着她。她漫不经心地观察我，脸上没有笑容。

"这个方法你自己用过吗？"我问道。

"用过，跟你。"她回答。

"听着，我不知道你为什么……就像……一块口香糖，一直黏着我。"又是在这种时刻，韩语表达跟不上我的思维，"你都不认识我。"

女人不笑的脸显得越发严肃，眉毛却没有皱起一丝一毫。她是如何做到的呢？这在我看来是个谜。

"我的确不知道你是谁，"她说，"当然，我也不知道你要成为谁。对我来说，你会成为一系列我无从了解的人。我对你唯一确切的衡量标准便是：你并不可知。如果我认识你，我也会不禁用我所知的对你施加影响。不，我不希望你成为我以为的那个人。不管怎么样，别自以为是。比起你，我更信任我做的鞋底，是鞋底叫我跟你走的。"

演出结束后，我们留在座位上。我询问她锁骨上那道长长的伤疤因何而来。她把衬衫领子扯到一边，让我看清那道疤是如何环绕在她的肩膀上的。我想象着那道疤绕着她的身体不断延伸，直至化为一条尾巴，脱离了身体。那是她从电动摩托车上摔下来的印记。当她飞驰在熟悉的道路上时，她让后座的男人捂住她的眼睛，因为这熟悉的一切令她倦怠。他是她最后一个真正爱过的人。

"尽管经历了这一切，我依然认定，我的孤独可以塑造性格，可以导向一种即将出现的、令人愉悦的亲密。"她说，"是不是很有趣？"

我发自内心地点了点头，并没有想笑的欲望。

她那疤痕厚极了，让我觉得她大可像锻炼肌肉一样锻炼它。在她的锁骨凹陷处，细密的汗珠闪烁着光。一滴汗珠滑至边缘，滚落下来，在她的疤痕上停住了，继而又绕过肩脊向下坠去。

"你的痛存在三层维度。"我说。

"我们切回正题吧，"她说，"说说你爱的那个人。但不要讲冷冰冰的事实，我要的是他这一存在的真实色彩。当他听到最喜欢的歌时，他的身体会有什么变化？当他出现时，孩子们会跟他玩什么游戏？尽情地说吧，我不会打断你的。"

大部分我所说的话语中只有迷惑和缥缈，偶尔会闪现一些微小的细节。大约十分钟后，匮乏的言语只令我沮丧和羞耻，我从背包里取出那个装有三十天护肤方案的盒子。男孩们的五张脸赫然呈现在包装正面。他们身穿黑色衬衫，领口开得很深，愈加显出他们皮肤的光滑与白皙，甚至比他们的眼白还要白。我给她指出 Moon。

"我见过他，"女人说，"这座城里到处都是他。"

"所以呢？你有什么感觉？"

"他长得令人难以置信。"

盒子里装着两种面膜：第一种含有芦荟成分，可以提升皮肤的弹性，让使用者的面部表情更为舒展；另一种面膜含有黑炭，先将使用者的皮肤变暗，再令其更加白皙。"皮肤干燥，才不是你。"男孩们在包装盒上说道，"皮肤出油，才不是你。"他们想让这个世界变得更好，从我粗大的毛孔开始。

"用过一次面膜后，"我说，"我感觉皮肤变得更清爽、更亮白，像被磨了皮一样。一个月后，我老旧的皮肤细胞会脱落，取而代之的是新生细胞。到那时，我就会更加靠近真正的自己。"

女人拿过盒子，把它举到我的脸跟前。

"你看起来要比他们老得多。"她说。

"皮肤皱纹，才不是我。"我喃喃道。

女人把 Moon 的照片放在一边，又翻看了其他男孩的照片。她以为只要成功完成护肤流程，就可以跟照片上的明星一样光彩，她想知道自己完成后会像其中哪个男孩。我撕开两片面膜，一片黑炭面膜分给她，另一片芦荟面膜留给自己。面膜为眼睛、嘴巴和鼻子留了孔。她把头向后一仰，我将黑色的面膜贴在她的脸上，顺便拉了拉面膜的边角，好让神奇的配方渗入四处。

空荡荡的剧院里，我们继续着聊天，为了维持面膜的位置，我们尽可能小幅度地扭着嘴。女人让我叫她 O，

"就像字母一样"。这个音是她韩国名字的第一个音节，她拒绝透露自己的全名。她声称，O 是一个象征，代表她希望身体和灵魂能够向四周无尽延展。当她问我想成为哪个字母时，我选择了 N。如果说 M 的两条竖杠完美地体现了 Moon 双足着地的稳定性，那么 N 一定就是我了——独腿、蹒跚。

"无所谓了，"O 伤感地说道，"要是你连脸都没有，知道你的名字又有什么用呢？"

她翻转的眼白像被埋在一块烧焦的巨石中。

"别被骗了，"我说，"这下面是有脸的。"

"这本该有种假面舞会的感觉，"O 说，"本该浪漫一些，但说实话，你敷面膜的样子丑得吓人，看起来就像透过你自己的脸向外窥视。"

"我什么时候没透过自己的脸向外窥视了？"我问道。

"现在我开始相信面膜是一层脱落的皮肤了。在那之下是最原始的你。我需要等待新皮肤长出，变得坚韧。只有那时，我才能亲吻你的脸颊。我猜现在我可以亲吻你的嘴唇。可也许你的嘴唇一直都是最初的样子——粉色的，可以被轻易撕裂。"

O 靠过来，想要验证她的观点。她在距离我只有几厘米时，停住了，堵住自己的嘴。

"你闻起来像一棵美丽的树,看起来却像急诊室的病人,永远都回不去从前的样子了。"

O和我坐在白色的摩托车上,在城市漆黑的夜色中飞驰。我们决定了,要常和对方在一起,直到其中一人向另一人背后捅刀子。

"如果你真往我背上捅刀子了,我相信你也一定是有自己的理由的。"我攀着她的肩膀喊道。

"我也这么觉得,"O喊道,"真开心,我们能给对方这么大的信任。也没有几个人能往我背上捅刀子,他们倒是想。"

我紧紧地抱着她的腰,越过右肩望向前方。我们的脸上还敷着面膜。小小的后视镜里,我看到O的面膜正在变干,边角翘了起来,露出她的下巴。但映入我眼中的是她的颈子,而非她的脸,仿佛她的脸永远只能藏在面膜之下。

我不知道我们这会儿骑到哪了。摩托车高速奔向我们吃晚餐的地方,城市果决地展示着它的喧闹,袒露出一处处拥挤的街区,如灌木丛般让我缭乱。我的手能触碰到O的腹部正因饥饿抽搐着;此时,皮肤近处的又一个细节滑入了我的意识。我无法领会其中的含义。那一刻，让我困惑、令我痛苦、使我衰弱的并非来自外部的凌犯，而是本就寄居于体内的东西贯穿了我的身体。马路对面，汽车头灯的光线愈加刺眼，就在我的瞳孔无法忍受时，亮光陡然消失。灯光不断地重复这一过程，猛地亮起，又彻底熄灭。

"你很擅长骑快车嘛。"我喊道。

"骑摩托是这世界上最简单的事情了，"O喊道，"只需将目光固定在眼前的某一点，不要看向其他地方。如果一辆卡车眼看着就要撞向你，别管它；如果一架飞机从天上掉下来，也别管它。只要一个劲地盯着前方，别变更路线。这个世界会为你而改变，你就在宇宙的中心，绝不会走错一步。"

我们没有戴头盔，摩托车如果撞到哪里，我们决定就任凭自己像导弹似的被弹射出去，直接撞向人行道，就此爆炸。当我们——两个敷着面膜的骑手——驶入一条拥挤的街道时，人们都盯着我们。O停下摩托，扯下面膜，怒冲冲地瞪了回去。她看起来像是刚从矿井里出来，炭黑色的脸已与正常的肤色相去甚远。不过她至少显出了真容，行人们松了一口气。

街道两边林立着服装店和小吃摊，一股脑儿地摆着各色商品。到处都是千篇一律的东西。可当我眺望时,整条街道都化作一抹无序的斑斓,纷杂的细节肆意显现,其中存在一种空虚——当人们将视线从同伴身上移开、转到自己的手机上时,在那毫秒之间,空虚就从他们的眼中划过。

我松开腿,下了摩托车,穿过街道。地上躺着一块真人大小的纸板,印着的是站着挥手的 Moon。周围其他四个男孩的纸板人像立着,守在一家化妆品店的门口。男孩们身着淡色毛衣,脸上敷着和我一样的面膜。显然,唯有 Moon 的身体蕴含着一种张力,让他看起来既站立又卧倒着。

"那是谁?"O 问,走到我身边。

"是 Moon。"

"你是怎么认出来的?"

我还没来得及阻止她,她就弯下腰,捏住 Moon 的脑袋,撕去纸板最上面的一层。Moon 的脸消失了大半,暴露出里面棕色的瓦楞纸。O 被自己的行为吓坏了,她转身朝向我,指间夹着 Moon 的脸,尽管觉得这东西很恶心,还是不愿意放手。就在这时,一个身穿制服的男人从商店里出来,一把抓起人形纸板,扔进路边一辆卡车的车厢。O 和我朝车厢看去:更多 Moon 的人形纸板,还有撕碎的海报、沾了油渍的比萨盒，上面都印着 Moon 的照片。

"他被抹去了，"O 说道，她怔住了，"你看，车厢里有以 Moon 为主题的明年的挂历，他甚至在未来中也被抹去了。发生了什么？为什么你再也不能见他了？"

"他退团了，"我说，"可能再也不会出现在公众面前。"

"所以，你就没有可以爱的人了吗？"

"我从来没有爱过这样的 Moon。"

"那还剩下什么？"O 追问，"什么样的 Moon 才是对的？你必须在他们将其抹除之前，找到对的 Moon。"

当我们骑着摩托车离开时，我看到在后视镜里 O 的肩膀那头，是自己那张敷着白色面膜的脸。我把头抵在 O 的肩膀上，轻易就蹭掉了已经干掉的面膜。面膜一离了我的脸，就飞速掠过了头顶。我向身后看去，那片面膜犹如一只小小的幽灵，被汽车头灯照亮，在机械咆哮而出的气流中飘浮。我转身站了起来，把我黏糊糊的脸贴在 O 的脸上。我们打算回她的住所点外卖吃。我们朝对方大喊自己想吃的东西。从镜子里，我看到两张肤色迥异的脸紧紧贴在一起；头发随风飘散，乱作一团；张大的嘴巴正陷于激烈的讨论。我想象我们在与飞速驶入的夜色展开一场激辩。

　　O住在一栋高层建筑的七楼。站在前厅,可以看到公寓的另一侧有个阳台——其实是条封闭的走廊,勉强能容下一个晾衣架。衣架的一端到另一端挂满了白色无袖背心。通往阳台的玻璃推拉门敞开着。这是一处奇异的隐蔽角落,不属于此处或彼处:前一刻,它让我觉得它是外部世界的隐秘侵入,下一刻,公寓似乎要将这小小的空间放逐出去,一点一点把它推向边缘。阳台之外是一片深沉的黑暗,我看到对面公寓的窗户正亮着,尽管建筑本身依旧陷在黑幕中。

　　群蝉齐声嗡鸣,噪声如同套在我全部感官上的锁链,纤细但坚固。我能从这股音浪中分辨出一种更精细的模式:鼻音上升,短促地重复三次,接着嗡鸣着下降。公寓下的树上住着上百只蝉。

　　"我从来没有在满是这声音的地方住过。"我的言语中带着欣赏。

　　"我已经意识不到这些蝉的存在了,"O说道,"早就麻木了。老实说,半夜里它们要是一下子安静下来,我反而会从梦里惊醒。"

我们继续向公寓的里面走,发现一个闭着眼睛的女人躺在皮质沙发上；播放着晚间新闻的等离子显示屏正处于静音状态。女人身穿黑色的直筒连衣裙,露出油蜡般光滑的肩膀。O在沙发边坐下,轻轻摇晃她的上臂。女人的睫毛上涂着厚重的睫毛膏,她睁开眼睛时,粘在一起的睫毛在奋力挣脱。

"你已经睡了一整天了。"O责备道。

女人紧盯着O的嘴巴。

"那就给我找点事情做好了。"她话语间有一种微妙的颤动,仿佛她正踩在钢丝绳上,勉力维持平衡。"找点重要的事情。不好意思,但什么业余兴趣我是真的很讨厌……你找到工作了吗?"

O摇了摇头。

"你得找到好工作,"女人说,"那种能帮到别人的工作。"

"我不爱帮助别人。"O说道。

"我有一个喜欢摆臭脸,又不喜欢帮助别人的女儿,"女人打趣道,"有时候我倒希望你是个冷血杀手,这样我就能证明自己依然爱你。我会去监狱给你送点高卢香烟……"

"你又在说梦话了。"

O的母亲站起身，理了理裙子。她的个头比O还高。她走进卧室，消失不见。能听到她拉开了一扇窗户。接着又拉开一扇。蝉鸣声变得更大了，我不得不提高音量：

"她在做什么？"

"我也不清楚，"O说道，不安地看着卧室的门，"真抱歉，但恐怕你得忍忍这噪声了。她去年经历了一次事故，现在什么也听不到了。她最大的愿望就是能再听到蝉声。真不敢相信，她曾经是那么厌恶那声音——完全习惯了那声音。从前每个夏天中，她总在疲惫的浓雾中漂泊，整夜整夜不能合眼。现在她一睡就是一整天。"O摸了摸我的胳膊："跟我来，我带你看看我住的地方。"

她的房间呈狭窄的长方形，没有窗户，算是一条带了床的走廊。墙边放着很多幅画作，都处于不同的绘制阶段。

"你还作画？"我惊讶地问道。

"不，"O说道，"这些画只是选择屈尊被我画出，可见它们多么迫切地想要存在于这世上。"

房间里最大的画布几乎和天花板一样高，上面满是黑色的粗壮笔触。我走近那幅画，回忆起一个反复出现的梦。梦里，我在一团黑暗中自由落体，那团黑暗无边无际，我甚至感受不到自己正在落下，也就感受不到任何恐惧。

"在开始画画之前,"O说道,"我将所有时间花在三件事情上:分散自己的注意力,防止事情变得更糟糕,迎合一个于我毫无意义的人。我保护自己是为了什么呢?我渴望将自己的人生置于一个巨大的信念之下,但并非为了某种显见的宏大之物,比如宗教或政治运动。我拒绝被卷入任何事业。我想要一种完完全全属于我的激情,其他任何人都无法拥有。这种激情将彻底为我所有,如果我不存在,那激情也就不复存在。我想要的是根本的肯定。"

"根本的肯定,"我重复道,"你想肯定什么呢?"

"想想这些蝉,"O说,"它们发出的轰鸣体现的是一种声波造就的现象。它们的噪声无形而强烈,又暗藏某种神秘。这些都无法被画出来。我只能画出介于其间的东西。作画时,我就是在肯定一种既无法同意,也无法反对的事物。"

"你的肯定,其实是一种需要花很长时间才能说出口的否定。"我说。

"相反地,Moon始于一段冗长的否定,Moon是你根本的肯定。"

我在画作前背过身去,被身后的O吓了一跳。

"你怎么能如此确定呢?"我说,"奇怪,我觉得你比我自己都还要确定。"

"别那么说,"她说,"我没有比你更确定,我只是和你一样地确定。我可要提醒你。如果你不能好好履行自己的承诺,我就再也不能直视你。"

"承诺?我什么时候承诺过?"

"你可真虚伪。你无法忍受自己严肃的一面。看看你自己吧,你正堕入一种醉人的倦怠,你太喜欢待在我的房间里了。我可得小心,得离你远一点。你身上有一种软弱,软弱中又有一种希望,希望我能以理性与你对话,好将你从令人煎熬的迷恋中拯救出来。"

"可我该怎么做呢?我不知道要如何找到 Moon。我甚至不确定他是否还待在这个国家。"

"在某种意义上,你已经找到他了,"O 回应,"但你拒绝看到这一点,你假装他身在别处,在一个离你很远的地方,以此躲避更巨大、更艰难的任务——与他联结。只有当你意识到这一点,你才能将你的内心清空,才能让 Moon 将它填满。"

"如果我已经找到了他,那么我感受到的割离是什么呢?内心的空洞又是什么呢?"

"是痛苦,你已经找到了他,但你痛苦于不知如何面对他。你想要掌控感，但这只是一种邪恶的渴望，其实你要做的是服从，全心全意地服从。"

"为了见到他，我必须相信，"我突然明了，"我会找到他，因为我始终坚信我可以找到。我的寻觅不过是结自信念的小小果实。我要做的，只是敲开一扇门，门后是一直在等我的Moon。"

O的母亲走进房间，耳垂上的金色耳环猛烈抖动，就像她在用力地对某人说"不"。她示意我靠边站。她举起那幅黑色的画，将它倚在另一面墙上。令我诧异的是，画被挪开后，原先的地方露出一扇窗。当她打开窗，蝉的嗡鸣声灌满整间公寓。那声音像一只脚，重重地踩在纸板盒的一面，将盒中的一切搅翻。

O的嘴巴在动，但我听不清她说什么。不同于她的母亲——她生活在墓地般的死寂之中——我和O被这过分的噪声震得几至耳聋。

距离Moon前往经纪公司培训已经过去了三个月。Y/N正站在他首秀演唱会的观众群里。Moon红着脸跑上舞台，像是被唤去决斗一样，他的两侧各立着一个男孩。曾经，每当Moon下了火车，无法看到月台上人群中的Y/N时，Y/N便大声呼喊他的名字。现在，Y/N依旧如此呼喊他的名字，但她已不再是唯一一人。她发现自己的呼喊无异于其他人——那是一种纯粹的、释放性的喊声，并不期望被对方回应。

她成了Moon的粉丝，一边听着他的音乐，一边收拾他的旧衣物准备捐掉。她取下他们一起度假时的照片，挂起Moon的海报，海报上的他穿着貌似触感极冷的衣裳，宛如身处工业冰箱内。

老朋友打来电话，问她是否在分手后感到"被撕碎一般"或者"心已经死透"，她说没有，并解释了原因。朋友们问，将现实中的成年爱人换成一个不知道她存在的偶像男孩，这种交易是否明智。她答："作为一个没有爱就活不了的人，我再清楚不过，在这个令人失望的星球上，我已耗尽自己所有的选择。问题已不再是'谁能接受我不寻常的爱'，而是'我要如何让自己的爱更不寻常、更难以接受'。"

她的朋友们挂掉电话，嘴里徒留一丝不悦的余味。

第二天，有人敲她的房门。她以为会是新朋友O，但走廊里站着个陌生人。

"是我，Moon。"他说。

她试图关上门,但他用一只鞋撑住门,发出神经质的笑声。Y/N 被吓到了。曾经有报道说,首尔一个疯男人专挑独居的女性下手,谎称自己与她们认识,是她们的爱人。"还记得那次我们在黑暗中的接吻吗?我们吻了好久,甚至无意中吻起了自己的手臂。"诸如此类的明确细节。疯男人把那些分不清梦境与现实的女人当作猎物。为了铭记 Moon,Y/N 告诫自己一定要牢牢地扎根于现实中,扎根于她与 Moon 之间存在永恒距离的现实中。她是一个认真的粉丝,决不可自欺欺人,幻想 Moon 出现在她的门口,甚至追求自己。

Y/N 抓起午饭时刚用过的滚烫的煎锅,威胁男人会用煎锅打他。他害怕地举起双手,大叫起来,接着将脸转向一边。低声的啜泣表明他已经认输。Y/N 开始同情他,这个男人竟如此迫切想成为谁的爱人,对方是任何女人都行。

O 从走廊过来。

"我的天哪,"她说,"他回来了。"

"你认识这家伙?"Y/N 问道。

"你脑子坏掉了吗?"O 说着,抓住男人的肩膀,推到 Y/N 面前,"他是 Moon 啊。"

Y/N 心里一阵不安，当着两人的面，她砰地关上了门。

次日，她收到 Moon 所在的经纪公司寄来的一封信，这家公司给她提供了一份化妆师的工作。她立马拒绝了。她不希望 Moon 成为她工作的内容。这个提议一点也不能勾起她的兴趣。

不过，她开启了一个属于自己的项目。Moon 的经纪公司近来与一家玩具公司合作，大规模生产 Moon 的玩偶。Y/N 买了一个。她将塑料玩偶放在桌子上，打开工具箱，用镊子将玩偶的头发一缕一缕地拔下来，用砂纸将玩偶的脸磨平，又脱下它的衣服。然后真正的工作开始了：Y/N 为它补上新的头发，凿出新的脸孔，还为它缝制了一件新衣服。最后，玩偶看上去比 Moon 更像 Moon 了。

第 7 章

地球上的 Moon 之子

在一个乌烟瘴气的世界里,身处一个空气清新的房间没有任何意义。

一天下午，我准备离开公寓去见 O，我关掉电灯，最后一次环视房间。窗框外的景象清晰可见，我看得出神：阳光洒满广场，办公室的职员聚在一起吸烟、休息。恍然间，我萌生一丝奇异的感受：我无法看向窗外，只能看到窗本身。眼前的场景有一种经电脑处理后的平面质感。

一个身影摆脱吸烟的人群，游弋至街边。是 O，她双手插兜，叼着香烟，脖子上挂着一副双筒望远镜。她想帮我找到 Moon。

我们先从我家附近开始，沿着主街道走。几个男人蹲在汽车修理店门口，这些身着脏污工服的男人，正打量着街对面衣着时髦的年轻情侣，他们身穿刻意挖了洞的牛仔裤，游走于一家家咖啡店之间。我们俩从我最喜欢的工人前走过，这是一位中年男性，他习惯和同事们一起，坐在汽修店门前的皮卡的后斗处。他那头棕发发量惊人，浓密的头发仿佛无数小生命，拼命向着天空生长。他的头发如一顶从天而降的皇冠，直落在他的头上。他不苟言笑，漠然接受这一美妙的修饰。我们还经过那跛脚女人，她这段时间常向我乞讨，尽管我一再地拒绝她。但今天，她连看都没看我一眼，大概是我并非独自一人的缘故。我跟O说起这个女人。

"这是肯定的，"O说道，"他们找的就是你这样的人。"

"为什么这么说？"我问道。

"你的眼睛下面永远吊着眼袋，"她说，"就好像打出生起就没睡过觉。但你脸的其余部分嫩得又像婴儿。那个女人定是觉得，你一生都在等着去相信什么，而她已准备好告诉你该相信的究竟是什么。"

圣水洞的南边被汉江包围，我们走向江边。我把O带到一处巨大的水泥台，水泥台倾斜而下，没入江水。很多时候，到了日落时分，我会仰面躺在这里，想着Moon此刻就在某个地方，在我的东边、西边、北边，抑或南边。

有那么几分钟，我和O无法展开对话，因为我们都在使劲地喘息，充分吸入这一天质量难得的空气。手机显示今天城市的空气质量为"优",而非往常的"有害"。我一直拒绝使用公寓里的空气净化器。我无法设想,这样一台机器运转时怎会不产生有毒物质,而费尽心机只被一台机器间接地杀害,又正是我憎恶的。

"把上千台空气净化器放在大街上,同时开启它们,岂不更好?"我说,"在一个乌烟瘴气的世界里,身处一个空气清新的房间没有任何意义。"

"这就是为什么,我尊敬像我这样烟不离手的人,"O说,"我把自己的身体抽成了一个充满坏空气的房间。"

"你的房间没有空气净化器吗?"

"有,"她叹了口气,"人就这样。"

我示意O望向南山的首尔塔,那塔矗立在数千米外的山顶上。环顾四周的首尔城,倘若将所有的高楼从视野中剔除,我就能看见远方的群山。即使有时我看不见,我也知道要记得它们的存在。我告诉O,每当深夜我站在这平台上,在道路和楼宇的人造光下,河水边界只是依稀可辨,我会鼓足勇气,一路走向那座塔,坚信只要我能看见,就必定能抵达。我会在那儿找到一位陌生人,和他一起躺在塔底。他可以是个不如意的拳手之类的人。他可以跨坐在我身上,不断捶击我脸部两侧的泥土,直至太阳再次升起——我就想要这样。

O透过望远镜看往塔的方向，继而把望远镜放下。

"好吧，"她说，"看来你永远到不了。"

O找到一条线索。她那制鞋作坊的老板给她讲过一个诡异的故事。据他在儿童大公园当保安的儿子说，这个面积广阔的公园有一处寻人中心，旨在为那些和父母走散的孩子提供服务。Moon退团的第二天，一个自称是"Moon的残渣"的男人将自己交至寻人中心。在"走失儿童收容所"——寻人中心的别称——工作的女人不明白眼前的男人是什么意思。出于同情，她每天为他提供一小份米饭和肉，填饱他小鸟般的胃，还为他提供了一张睡垫。每天晚上，他都躺在上面，睡成一个问号状。大多数孩子都在白天闭园前父母就找来了，不需要在此过夜，但工作人员不忍把这个男人赶到大街上。况且，他是收容所迄今最规矩的"孩子"，既不会泪眼婆娑地想念父母，也不会因离了父母而闹腾得忘了形。他只是坐着，一动不动地坐上几个小时。

O领我步行来到公园。这里有无数种娱乐设施，还包括一整座动物园，引得年轻的家庭成群涌来。走失儿童收容所独自占据一栋小楼，位于通向公园的一扇大门旁边。一走进装饰欢快的房间，我们就看到了那个男人。他坐在木制高台上的椅子上，盯着窗外。三个孩子正在他的脚边，拿着毛绒兔玩具玩耍。他的个头不比孩子高多少，手臂苍白、纤细，像是刚刚生出来似的。但那张脸是一张成年人的脸，也许和我们年纪相仿。他深深佝偻着身子，双手紧紧抓着椅子边。

我踏上高台，拉过一把凳子，坐在他对面。当他的目光落在我的脸上时，虹膜立即放大了。听到他浑厚的嗓音，我竟觉得他瘦削的身体好似一把音叉。

"我知道你为什么在这儿。你以为你来是想弄清楚我有多么癫狂，但你打心底想知道的是做 Moon 的残渣是种什么感觉。你嫉妒了。"

"也许你是对的，"我缓缓地说道，"但我想请你解释清楚，'残渣'是什么意思？我只听过这个词被用来指卡在下水道里的食物碎渣。"

"很简单，"他说，"上帝正在创造 Moon，他一时兴起，不满足于只创造一个人。于是，他找来另外一堆材料，他本计划用那些骨头、皮肤和器官创造另外一个生物。他从那堆材料中抓起一把，用于 Moon，用余下的材料创造了我。"

男人格外认真，甚至可以说是颇为肃静，他不理睬周围的孩子,任由他们拿着毛绒兔追逐打闹。

"你怎么知道这些?"我问道。

他的一只手从椅子上松开,指了指自己的腿。质地粗糙的裤腿皱巴巴的,松垮地堆在椅子上,仿佛里面根本没有大腿。即便透过布料,我还是能够辨认出两块小小的膝盖骨。一副红色塑料拐杖塞在他的椅子下面。男人的上半身颤颤巍巍,很难用一只手保持平衡。

"我出生的时候,医生看到我果冻般的双腿吓坏了,"他说,"多年后,我偶然看到一本科学书,上面画有一些生命的进化过程,从水生过渡到陆生,我明白了自己就介于其中。很长一段时间里,我活在自卑里。直到后来我看到跳舞的 Moon,一切变得明晰起来。上帝把我最好的部分拿给了 Moon,以创造一个惊人的生命。就任意两人而言,其中一人拥有无限天赋,另一人身体残缺,远好过两个人都资质平庸。真实的往往也是不公的。在 Moon 的演唱会上,我亲眼看到他赋予上千人喜悦,我知道其中一些尖叫声也是给我的。现在他消失了,我会想,如果上帝当初用那一整堆原料创造 Moon 就好了,就可以创造出不朽的 Moon,同时,我也能从这副半死不活的状态得到解脱。"

房间里爆发出喜悦的尖叫声。一个孩子奔向他母亲张开的双臂。男人微笑地看着这场团聚，粉嫩的牙龈暴露在外，下排牙齿长得歪七扭八。若如O所说，他确是一条线索，那我并不知道他将牵引我走向何处。我应该向他张开双臂吗？我好奇我们会在一起做些什么。当我推着载着他的轮椅，我是否要忍受周围人虚伪的怜悯目光？我需要帮他上厕所吗？

"我们去兜兜风吧，"我说，"我来订出租车。"

"你不能把我带走，"他说，"只要Moon还没被找到，我就必须待在这里。"

"那如果我告诉你，我打算去找Moon呢？"

"你真的会那么做吗？"他的语气没有感激，而是充满伤痛，"难道你还不明白他离开是因为他想离开吗？也许这就是最让我苦恼的，即使是他也无法继续忍受……"

尖叫声又起，更多的孩子被家人找到了。

我不知道该对这个男人说点什么。我把手伸向他的膝盖，希望触碰可以为他带去慰藉，甚至喜悦。但我的手感知到的仅是阴森的沉重。他纤细的骨头在我的手指间颤抖，这种触感使我回忆起自己咬住鸡翅的软骨，用力将其咬碎时的感觉。男人向后蜷缩，紧贴墙壁，眼中充满恐惧，令我不安。或许，我真正想做的是将他打碎，让他跌倒，把他化为一幅衰颓的画作，肆意装点我那关于 Moon 的业已奢靡的梦境。

我缩回手。血液快速倒流,四下扩散。我的大脑经历了几次触电般的刺痛。

我推门出去,O 紧跟在我身后。我们混入汹涌的人潮:父亲、母亲、儿子、女儿,还有浑蛋。有种感觉越发明晰:我们刚离开一家走失儿童收容所,又踏进了另一家,只不过第二家更大,而此处的孩子并不清楚自己是孩子。

O 的公寓里的电视正以最大音量响着,沙发空荡荡的。O 的母亲似乎躲在房门紧闭的卧室里。O 正要关掉电视,可她握遥控器的手突然僵住了。

"你听到这个了吗?"她说。

正在餐桌边拆外卖的我抬起头。等离子屏幕发出令人痛苦的杂音,几秒钟之后,我才辨析出人的声音。新闻播音员说,男孩们打破了沉寂,宣布将会"比以往更低调"地回归。全国将有十名粉丝被抽中,参加他们回归后的首场活动,活动将史无前例地在娱乐公司总部——派拉贡广场[1]举办。没有人知道派拉贡广场在哪里,更不

---

1 Polygon Plaza,直译为"多边形广场"。

知道是什么样子。届时将安保森严，参加者必须上交一份身份证件的复印件。没有关于 Moon 的最新消息，新闻播音员补充说道，但粉丝之间有传闻，说他将会惊喜回归。

"他永远不会回来了。"我说。

我第一次有这个念头，这念头一冒出来，我就对此确定无疑。

"也许你说得对，"O 说着，关掉电视，"不过，你还是要参加粉丝抽奖活动。"

"不，我确定他再也不会回来，更不愿抱什么隐秘的期望，最后只落得一场空。"

"我不是那个意思。我同意你说的，既然有回归的传闻，就说明他永远不会回归。Moon 是不会被传闻言中的。他会悄悄地从人们的猜想中匿去，但你必须参加抽奖活动。"

"为什么？"

"这则传闻为 Moon 和抽奖活动建构起某种关联。你必须探寻每一条关联，尤其是建议于谎言之上的关联，你不能放过每一个与他相关的零星片段。"

"所以你就带我去了走失儿童收容所？"我问道。

我按捺不住心里的怒火。O 不为所动，只是一个一个掀开外卖盒的盖子。

"我知道你离找到 Moon 还有很远，"她说，"但这场找寻本就不是靠你一步一步走近的。的确，你和他之间的距离已经缩短了数千千米，但如果始终只以量尺衡量一切，你只会把自己简化为一条渐近线。不，天上必须伸出一只手，结满橙子的树必须在化学废土上抽出新芽。你必须坚强，警觉，顺势而变，熬过这一切造成的裂变，以抵达你要前往的地方。我在努力为你寻找新的突破口。我不会把你从边缘拉回来。我会任由你坠落。你会永远地离开我。这一点，我一直都清楚。我赋予你的是一幅与我无关的图景。我不需要你的感激，但在此之前，请你至少让我用仅有的方式帮助你。"

我们坐在沙发上，默默地吃饭。有那么一刻，我被某种不安笼罩，就像被人监视着。我抬头看，O 的母亲的房门仍然关着。我的视线移向左边。透过 O 房间敞开的门，我看到一张画布躺在地板上。

"那是什么？"我问道。

O 站起来，走向自己的房间。她双膝跪地，双手撑地，俯身凝视，仿佛那画布是一汪池水。

"希望你不要介意，"她说，"我在画你。感谢老天让我在夏天遇见你。你膝盖的后窝依然洁白光滑，即使它们跟随我们走遍了整座城市。但一靠近观察，就会发现上面布满一层密密的细纹。你的膝盖窝上有常年走动的痕迹。我有些好奇：所谓完美，是否就是大量细微错误累积而成？"

我站在O身后。画布上的大部分仍然空白，画布的下半部分，是生动笔触画就的我左腿的膝盖后窝。若不是O告诉我，我根本想不到那是我身体的一部分。我并不熟悉自己的膝盖窝。另一边，我右腿的膝盖窝则是由几圈黑色笔触构成的。从膝盖的大小和布局来看，这幅画终将描绘出我的全部身体。

"我还没有完成，"O说道，"你在我眼里仍然是陌生的。"

仅仅是这幅画的存在，就足以令我震惊。O的想象力如同子宫颈被拉扯开来，诞出了这样一个怪异的认知。即使画布上的笔触只见雏形，我也能看出，这幅作品刻画的我，比我镜中的所有形象都更加真实。一想到这幅作品未来的样子，以及它可能揭示的一切，我突然感到恐惧。的确，O的画作让我希望可以重返出生前的自己，重返还在等待身体限制出现的自己。这样，我就可以提前计划一切我敢于尝试的方式。当然，这纯属幻想，毫无意义。我已经抵达这里，处于这段人生之中，身旁是一系列错失的机会，分分秒秒都在谴责我的平庸。

我单膝跪地，向后弯腰，想要查看另一条腿的膝盖窝，但无论我怎么扭动腰部，都无法看清它的全貌。这块不可揆度的皮肤再次激起我的兴趣。我手执晚餐时用的一根木筷，试图勾勒那块皮肤上的褶皱。力度越来越大，不寻常的触感令我沉醉，突然，皮肤被划破。鲜亮的血一滴滴溅出。O听到我痛苦的轻喘，转过身来，把我的手从腿上拍开。

"只是我的膝盖而已，"我说，"别太喜欢。"

"有时候你真的很爱犯傻。"她说。

"这是我的膝盖。我不希望赋予它存在的价值。这难道我自己不能决定吗？"

O没有吭声，只是忙着用湿巾擦拭我膝盖后面的伤口。她贴近我身体的那一处，甚至比我跟那膝盖更近，仿佛她们勾结在一起，合谋反对我。

Y/N无法忍受太久的分别，便又去了Moon的演唱会。她就像第一次一样震撼。一想到接下来的四个月里，Moon将会和其他男孩一起巡回演出，她不禁胸口一紧。她别无选择，只能追着Moon满世界跑。她想知道，自己还要参加多少场演唱会才能获得某种近乎满足感的东西。

对于什么的满足感呢？她问自己。

深蓝色的灯光洒向舞台。Moon 个人新单曲开始了。他身着一件镶满真钻的白色上衣，上好的羊绒被钻石的重量扯得向下坠，凸显出他孩童般瘦小的肩膀。

他开始跳舞。在歌曲的中段，他向空中展开双手。接着，一切行云流水：几个月前，在他们的公寓里，她曾目睹那难以言喻的动作。动作没有任何改变，但她几乎辨认不出——或许是因为舞台，或许是因为观众，或许是因为氛围的变化。他的动作让所有人陷入狂喜。就连 Y/N 也体验到了新一轮的喜悦。她为他感到骄傲，也因世界终于可以见证这美妙的时刻而喜悦。同时，她又若有所失。这舞蹈曾是她私藏在秘橱里的欢愉，现在它被暴露于舞台，被所有人看到。茫然中，她环视四周，见证人们一致认可她这一曾经极为私密的体验，她的体内跃动着不安。

Moon 的歌曲还未结束，Y/N 就已经转身离开，走出了演唱会场。一片漆黑中，她穿过停车场，随手拍死一只耳边的飞蚊。蚊子挣扎求生，发出歇斯底里的悲鸣，令她心烦不已。

我想象不出比走得太多而摔倒更好的死法。一天下午，我从河边的水泥台出发，向东北方向走去，穿过圣水洞，走到一片露天市场的摊位前，经过一所大学，再向西北方向绕一圈，路过儿童大公园，进入往十里，那是我父亲成长的地方。

我找到的是一栋现代化的高层建筑，我猜正是为了建这栋高楼，父亲儿时的家被拆除了。我试着去想象，父亲就在这一方土地，认真地做着白日梦，但我只能看到大楼从天而落，将他压垮。

我又一次开启长途跋涉，这次的目的地是大峙洞，我母亲是在那里长大的。当我在住宅区穿行，我想起了一个故事：我母亲十岁那年，一个小偷毒死了她家院子的狗，以便顺畅地盗窃。第二天一早，全家人都被我舅舅的喊声惊醒，他发现狗侧身倒地死了。我的另一个舅舅跑出了门，我母亲跑出了门，我的外公外婆也跑出了门。那天下午，他们翻遍整个房子，寻找可能被偷的东西。但当他们用手扫过每张桌子、拂过每个架子后，他们找不出丢了东西的地方和原本就没有东西的地方有何不同。

许多年后，我母亲的父亲——一位如今早已去世的民俗学者——为一家文学期刊撰写了一篇文章,描述了这件事。他写到自己的儿子是如何发现院子里的狗身亡的,他的另一个儿子是如何跑出门的,他的妻子是如何跑出门的,他又是如何跑出门的,甚至左邻右舍是如何赶过来的。唯独对我的母亲只字不提。她曾一度认定自己是他最爱的孩子,她只读了一遍文章,就再也没有读过。她也曾跑出家门,跪在那只狗的身边,用尽整个身体将它抱住。她是真的这么做过,还是没这么做过?到底是什么被丢失了,是她身体的行动,还是她父亲的爱?她无法承受后者的消失,于是她强迫自己相信,那天早上她发烧卧床,从未跑出那扇门,从未抱过那只死掉的狗。

第 8 章

派拉贡广场

我们是从墙上反复脱落的钉子,无法融入这个世界。

O带我前往首尔的远郊。我们走在人行道上，一条滨海步道那么宽的人行道只有我俩，两旁却是一栋又一栋灰色的工业建筑。远处一直传来叮当声，空气中弥漫着一股橡胶烧煳的气味。我们转过一处街角，迈入另一条街道，我敢说这分明就是我们刚刚离开的那条街。可就在这时，只见林立的厂房中，一栋神秘建筑的尖顶闪着光，刺入我们的眼帘。

它的全貌在我们的眼前缓缓展开，这是一栋形如埃及金字塔的巨楼，耸立在一片开阔的草地中央，周围环绕着工业厂房。大楼的外墙由镜面玻璃构成，清晰地映出多云的天空，大楼入口处敞开的双扇门就像是在蓝天上钻开的洞。一位穿黑色西装的男人在门口守着，正在不耐烦地朝我们的方向招手。

"我们走吧,"我对 O 说道,"我觉得这不是我们该来的地方。"

她抓着我的手,将一个东西塞入我的掌心。

"我就知道你不愿意参加抽奖活动,所以我参加了,"她说,"就麻烦你这个老顽固替我去一趟派拉贡广场吧。"

我低头一看,是她的身份证。

"等一下——"

"但现在我知道为了捍卫你信仰的纯净,"O 说道,"事情定会是这样的。幸运之神定会降临在我身上,因为她知晓,我不是为了满足一己私利。"

她没给我开口的机会,反而一把将我推向草坪,害我一下子趴在地上。我对 O 的做法深感受伤,但更让我痛苦的是,我意识到她是想让我离开,她想以寻找 Moon 为由,让我忘记她。等我站起身,看到那个男人越发不耐烦地挥手。我确信,如果我朝着他的方向再迈进一步,我就永远无法回到 O 的身边。我转过身去——她早已离开。

没有通往大楼的路。看到我开始穿过宽广的草地,男人便将手放回身体的一侧。一朵云从大楼高耸的玻璃外墙上飘过,使这栋轮廓锐利的建筑变得几近水汽一般,似乎随时可能消失。当我终于走近男人,我将 O 的身份证放在他伸出的手中。这是我第一次认真端详 O 的模样。照片上的她留着一头短发，将头发掖在耳后，发梢在耳垂下方微微卷翘。她的真名叫吴雪（Oseol）。男人打量了一下我，摆摆手示意我进去。

大楼周围的草地蔓延至前门，扩散至宽阔的大厅里最远的角落。阳光穿过倾斜的玻璃墙壁，在室内投下一层幽幽的雾霭。没有其他的照明设备，空气清新而凉爽。广场大极了，我足足花了几分钟才走到对面。其他九名被抽中的粉丝早已聚集在那里，他们站在电梯门口，气氛安静而紧张。我不想见到更多的粉丝，于是躲在最后，一旁是个上班族打扮的中年男人，他双臂抱在胸前，脸色阴沉，一副不堪其扰的神色，就好像他身边站着的是一群能力不足的职员。

随着一声提示音，电梯门开了。Sun 走了出来，人群中发出克制的叹息。叫我难受的是，那位办公室职员捶了捶自己的大腿，以示无声的胜利。Sun 身穿黑色礼服裤子，搭配夹了层薄羽绒的黑色涤纶夹克。他深深鞠了一躬，衣服发出沙沙的摩擦音。我惊讶地发现，他的头发中夹着几缕灰色。他直起身子，顿住片刻，接着微笑着冲上前来，开始和我们握手。

"我知道这可能会吓到你们，"他一边说，一边在人群中移动,"但我觉得这次会面最好不事张扬,直接进行。"

他敷衍地握了下我的手,脸早已转向办公室职员。那个男人握住 Sun 的手,根本不愿放开。

"拜托了,"男孩极其温柔地说道,"你这样会毁掉别人的机会。"

办公室职员厌恶地看了一圈周围的人,才松开了手。Sun 仍然站在男人身边,似乎松了一口气,他接着说:

"欢迎来到派拉贡广场。我和其他成员很高兴见到你们。我知道,你们也许好奇其他人在哪里。别担心,他们就在楼里,正待在自己最喜欢的角落里,准备迎接你们。不过头一个小时,你们只能和我在一起。这样安排更方便,因为有太多事情需要说明,另外……"他露出会意的笑容,"你们知道我是什么样子,对吧?"

一阵沉默,然后有人喊道:

"你是老大!"

那是一位扮相时髦的老妇人,气质从容。大家放松地笑起来。Sun 也跟着笑起来,自嘲地摇了摇头。

"不过这几年我有变好,对吧?"他说,"还记得我之前对 Jupiter(木星)多么严苛吧?现在他依旧给我惹了不少麻烦。"

"你以前的脾气确实差得很,"老妇人说,"我一直欣赏 Mercury 的反抗精神。不过，Moon 会陷入一种精神紧张的状态，很像我已故的妹妹……"

Sun 抬起一只手，打断她的话。顿时，一种可怖的静寂笼罩了人群。

"我们继续走吧。"他朝一边摆了摆手，"派拉贡广场有十个房间，每个房间占据这栋大楼的一整层。我们现在位于一楼，正如你们看到的，这里已被外面的世界占据。我和男孩们的其他成员决不能忘记外面的世界，我们总有种被它紧紧抓住脚踝、尾随身后的感觉，即使我们已经抵达派拉贡这片看似安全的海岸。只有对世界的危险有了新的认知，我们才能够站上其他楼层，以必要的紧迫感创造出有意义的作品。"

Sun 按下电梯的按钮，门开了。

"这大概就是我们的想法，这就是为什么我们从未邀请你们到这里来。我们寄身于自己的狭小世界，试图与外界相隔绝，这样我们的作品才能生出光亮，变得奇异。之前，我们觉得，如果想从灵魂的最深处打动你们，我们就不能栖身在你们那边的世界，因为我们不是你们的朋友，不，我们只负责颠覆。但自从你们上一次见到我们，一切都变了。现在，我们需要你们。所以，请进去吧。"

电梯间的后墙是倾斜的，顺应了整座建筑金字塔的形状。我们只好挤在电梯门口的位置，门边只有十个方形按钮。

"这栋大楼里没有任何曲线，"Sun 说，"甚至连灯泡都是立方体。就像我们的音乐教授说的，'让尖锐的角刺痛一切'。"

不经意间，我站到了 Sun 的身边。那个办公室职员守在他的另一边，表情阴郁，面带优越地打量着其他人。他既像位父亲，又像个儿子，保护 Sun 的同时，又在任性地渴求他的关注。这一切，都没有逃过 Sun 的眼睛，他把两只手分别搭在我和办公室职员的肩头，以示公平。他的触碰漫不经心，甚至缺乏克制的张力，我渐渐适应了他的手指和我的肩膀之间细微的空隙。当他抬起手去按五楼的按钮时，我感受到的并非减负的自由，而是空气的压迫感。

我们走进一间光线黯淡、飘着麝香气味的图书馆。歪歪斜斜的书架盘桓房内，像一根根扭曲的肠子。书架与书架之间的空间大小不一。每个书架顶部都装有一盏金色的小灯，照亮书架上的东西。Sun 告诉我们，这些书并非按照作者或书名排列，而是以文中出现的第一个单词整理的。

唯一例外的一个书架上专门陈列着音乐教授撰写的几十卷本的社会批判著作。Sun带我们走近那个书架,它位于一面倾斜的墙壁中央。音乐教授对乐理知之甚少,只知道音乐可以深深地触动她,亦打算一直保持这种状态。不过,她是喜马拉雅山和科隆群岛的专家,会说俄语和土库曼语,懂得如何与赤贫者或社会精英一起用餐。在四十岁创办公司之前,她一直过着多彩的漂泊生活,公众对其中的细节仍然一无所知。Sun说,她给自己冠上音乐教授的头衔着实有讽刺的意味,因为没有什么比现代大学更让她反感的了。她认为大学是阉割思想与性器的诊所,你找不到比校园里更愚蠢、更不性感的人了。每当有男孩向她寻求建议,她都会引导他们去看一本与他们的问题毫不相干的书;每当他们向她提问,她总是反过来提出至少十个问题。

"你们是否把读书当成生命的依托?"她喜欢这样问男孩们,"你们是否觉得读到的每一句话都可能是真的?一旦你们亲近了某本书的观点,另一本书就会带着它的另一套观点出现,当你们发现两个观点间的碰撞时,其他几十本书又出现了,其中某些书的某部分与另一些书的另一部分吻合,这会在你们的灵魂中洒下困惑吗?你们是否一直在阅读，直到对所知的一切感到厌恶？"

一个满脸粉刺的年轻人，坐在图书馆的角落里，他把脚搭在一张铺着粗呢布的桌子上。我们围着他，他却不为所动，正沉浸在一本摊开在大腿上的大部头书籍里。他的目光停在一幅图片上，图片上的乳房和眼球大小相同，令人费解。Sun把手放在年轻人的椅背上，向我们介绍他是图书管理员。音乐教授希望培养男孩们各种各样的才能，所以书架上摆放了能想到的几乎任何东西。落选的标准只有一个：一切与男孩们直接相关的内容。在图书管理员的严格监管下，没有任何关于男孩们的传记、报道或学术著作能够穿透派拉贡广场的墙壁。音乐教授坚持要求男孩们做自己身份的主人。公司里的任何人，哪怕是化妆师，都不得在男孩凝视镜中的自己时看他们。男孩们可以私下思考自身的形象，这一权利不可侵犯。他们与自身的关系不能受到外界看法的影响。

直到音乐教授退休，男孩们都将是她唯一的事业。不加任何过问，她推出了他们创造所有的作品。她从不告诉他们应该做什么。摆脱了学校、家庭和金钱的束缚，男孩们拥有了所有艺术家梦寐以求的东西——时间，无尽的时间。此外，还有世界各地的乐器、韩国规模第一的唱片收藏、各式各样的练习室，以及一间录音棚，里面有数不清的按钮、表盘和开关，可以任意操控声音。所有这些资源在大楼的各楼层都能找到。

想想看，创造力真正入侵普通人生活的次数是多么有限——这是音乐教授常说的话。如果创造是一份工作，那会意味着什么？文化等同于一套达成共识的价值观，让一大群人在此基础上能够相对和平地生活在一起。而如果一个十几岁的男孩不是与数十亿陌生人，而是与其他几个男孩共享一种文化，会发生什么呢？如果大环境——尤其是生存的巨大压力——被剥离，会发生什么？如果人身的安全、创造力的实现，甚至是非凡的成功都是必然的，又会发生什么？离了这些目标，男孩们要如何构建自己的人格？

但地球上没有地方为这种实验提供空间。穷人为基本的生存而奔走；富人受困于为羞耻和虚伪，机械重复着他们误以为是高等学问的教条。这便是音乐教授试图改变的。派拉贡广场圈定专门的空间，用于某种在世界愈加鲜见的实验。她喜欢把派拉贡广场比作修道院：在那里，自我的消解催生了惊人的自我表达。

发达社会中的人们疲于奔命，沉溺于微小又美好的自由，比如穿这样或那样的衣服，和这样或那样的人上床。他们穿梭于各种无谓的选择中，将其当成自我个性的表达。然而音乐教授声称，真正的个性与为了更高的目标而摒弃自我是没有区别的。乍一看，这自我泯灭式的献身似乎会造就一种别样温和的性格。但她敦促大家看得深些，真正有个性的人，会将个人欲望抽象化，以便践行大胆的创造或信仰。他会从过往的人生中汲取丰富但有限的内容，借由牺牲，借由自律，赋予其令人屏息的自由。因此，他的作品能够点燃他人的灵魂。

所以，音乐教授认为，当今的文化垃圾并非艺术家个性受到侵蚀所致，而是由于这种侵蚀还不够充分。这个问题不仅限于艺术：我们的消费和谈话反映着精神的空虚；我们因道德上的自欺每日遭受折磨；我们越发渴望爱，却处在一个系统化削弱我们爱之能力的世界。在这种荒凉中，人们不难认为，解决的办法是退缩至自我的高墙之后，保持彻底的孤独。这就是为什么人们执着于身份标签，就好像这些标签能让他们与众不同。而实际上，当某种不同有了专属的标签，就意味着它并不够与众不同。不，人类精神的乖张与狡猾显露在对各类侵蚀的屈服中，只能堕入没有姓名、没有归属、没有实质的旋涡。只有这样，人才有机会触及普遍性。

一种难以名状的不适笼罩了人群。随着 Sun 的独白结束，人们的眼神变得涣散。回到电梯里，Sun 按下了七楼的按钮。

我们走出电梯，来到一间练习室，见过拥挤的图书馆之后，这间练习室显得格外空旷，仿佛在彰显男孩们身体所能达成的一切。四面墙都镶了镜子。电梯旁，我们跟着领头的 Sun，他低垂着头，在这片空间里漫游。镜子里，无数个他陷入了沉思。

他仿佛突然下定了决心，转过身来：

"很高兴你们和我一起来到这间房。其实，我和其他男孩已经有段时间没来这里了。曾有一股不寻常的冲动击中了我们，迫使我们离开派拉贡广场，花数个小时在城市里游荡，将手贴在滚烫的混凝土上。我们渴望得到简单的感官体验中携带的真相。我们想要反抗，想要欲求，想要拥有喜欢的事物。我们想要世界以重拳压在我们每个人的身上，将我们的人格凝成具体的存在。但一切都与我们隔得很远。我们不知道如何与街上的陌生人对视。我们甚至不知道如何享受天气。我们是从墙上反复脱落的钉子，无法融入这个世界。我们失去了对生活的原始本能，又失去了对艺术的原始本能。"

一位年轻的女子不再懒散，而是愤怒地瞪着 Sun。他怎么会如此令她感到厌烦？她竟忘了要为他的存在而感到惊讶。一片阴影掠过 Sun 的脸，他意识到人们并没有理解他话语中的紧迫感。他抬高了声音：

"我们曾一度将音乐教授的观点奉为圣律。但现在我们在想她是不是错了。你看，我们尝试了太多太多，却已经不知道要如何与你们连接，因为我们不知道自己是从哪里开始的。所以我们决定，在接下来的六天里，向你们开放派拉贡广场。你们可以参观每层楼，十楼除外，那里就连我们都被禁止入内。你们可以在这里畅游，在我们身旁创造，用你们的体验为我们注入灵感。告诉我们，你们是谁。告诉我们，一个人是如何生活的。你们分享的一切，我们会表现为一组协调的艺术。其他男孩一会儿就会加入我们。Venus（金星）特别兴奋，他想要'像研究希腊雕塑那样'——打量你们的脸，这是他的原话。Mercury 已经陷于沉默，他想把所有话留起来，等着对你们说……总之，让我们撇开敬语，自由倾诉吧。毕竟，我们现在是艺术的同辈。来吧，大家别拘谨。"

我向后退一步，冥冥中像会有只碗砸落，如扣住蟑螂般扣住我。人群中发出兴奋的低语，有几个人险些激动落泪。但是，那个办公室职员仍旧一副冰冷模样。他脱离人群，朝 Sun 的方向迈近一步。

"我之前害怕会变成这样,"他说道,"去年我一直在关注你,只有你,我的男孩。你很单纯,这是你美好的本性。你的花言巧语和善意的奇想,它们虚伪得令我痛苦。现在你真让自己栽进去了。我们为什么不退到一边,谈谈你的未来呢?你在这里要小心。不要让这些人把他们肮脏的手伸向你。谁知道呢,他们可能是罪犯,是妓女,是禽兽……"

我逃向电梯,按下了十楼的按钮。

我走进一间狭小的房间,视野开阔,形状和大小与我刚刚走出的电梯间一模一样,宛如金字塔的两半。我只需走几步,额头就能贴在被阳光晒得温热的玻璃幕墙上,就能站在派拉贡广场的顶端。

我可以望到前方几千米外的世界,但不见任何美丽之处。几十座公寓楼,相同的大小,相同的灰黑色调,仿佛坚硬的倒刺从地面贯穿而出。从我所站的高度望去,一排排整齐地分布在地面上的大楼看上去像是听命于我。大楼后是一座发电厂,立着三根烟囱。烟囱底部支着脚手架,上面缀有晶莹的光点。公寓楼显然是有人居住,却看不到一个人。每根烟囱都冒出一股因自身重量而渐渐歪向一侧的烟。烟雾越来越浓,颜色越来越深,轮廓也越发鲜明。烟雾充满活力,不断扩大再扩大。眼前的光景中唯有烟雾在动。然而,这种升腾却散发一种亡灵的气息,不见挣扎求生的绝望,也不见大自然循环下难以捉摸的狂暴。

我的目光扫过公寓楼群。突然,有什么动了。一只手臂从一栋楼的顶层伸出来,懒洋洋地甩动着手腕。几乎就在我看到它的那一瞬,那只手停了下来,然后消失了。我想象着它从窗口缩回幽暗的房间。也许它现在正在洗碗,也许在熨烫衬衫。我意识到在这些钢筋水泥的堡垒之中,成百上千只手正张开、紧握、撞击、轻抚,它们渴望像舞者的双手那般,摆出美丽的姿势。但我又想象着这些大楼坍塌,泻出成百上千只手,它们拼命想要抓住什么,却只能攥住空气。

我从玻璃幕墙前离开,确信我和 Moon 终于站在了同一个地方,这一闪的信念令我兴奋。不是派拉贡广场,不是首尔,而是一个具有更广阔维度的地方,一个具有无法估量的可能的领域。在那里,个体间的邂逅丰富多彩,又如表皮破损的桃子果肉般会被轻易氧化。我能感觉到他就在那里,在远处悸动着,和我在同一片荒野中漫游,如一个没有地图的流亡者。我终于抵达了正确的地方。但这个地方,正因为是正确的,才最令人生畏,也更容易让我迷失。

*

身后的电梯门传来开门声，我默然走了进去。

电梯间里，穿黑色西装的男人同时按下顶层和底层的按钮。按钮闪了两次，似乎达成了某种神秘的共识，电梯随后径直向下滑动，经过派拉贡广场的大厅，直入地底。

我走出电梯，进入一个大得感知不到尽头的房间。房间被分割成几大块区域，分别被各一盏吊灯照亮，区域之间是宽阔的黑暗地带。我发现自己正站在一方小小的灯光下，光亮里只有一个衣帽架，上面挂着件黑色皮风衣。就在前方，我看到身穿蓝色大廓形西装的音乐教授就坐在书桌后面，背后是高耸的书架，上面摆满了书。右边一处灯光照亮的区域，摆放着一张四柱床；左边则是厨房。我意识到，这个地下室是音乐教授的住处，一间没有任何隔断的公寓。

她指了指桌子另一边的一把椅子，示意我坐下。我穿过前厅，走进她的办公室。

"上面还不错，对吧？"她说道，"小时候，我总梦想住在阁楼里，在高过家人头顶的地方阅读，远远地躲在一边。十楼的房间是我梦想迟来的兑现。若是没有那个房间，派拉贡广场就不会存在。我人生中的一切，都是我自上而下的设计。"

她歪着的头枕在手心里，胳膊支在桌子上。脸上没有妆，也全无紧绷感，尽管她的五官本身已充满尖锐与锋利——如同一把弹夹空空的手枪。她眼角生出的皱纹袒露出经年的疲惫，却有一种奇特的魅力，柔美与刚毅伴生，亦有对自身矛盾的释然。我能感觉到，她从不讳言自己想要的一切，也早将自己从被拒绝的羞耻中解放出来了。

"你引起了我的兴趣，"她开口了，"你为什么离开了大家？"

她的声音没有敌意。我明白，隐讳毫无意义。

"我不想和男孩们合作。"我回答。

"但你肯定是粉丝。不然为什么要参加抽奖活动呢？"

"我在寻找 Moon。"

她将那只撑住头的手放下来。

"啊，"她难过地说，"你爱他。但你说说看，难道在练习室里没有机会见到他吗？你应该也听过传言。"

"我从来不相信那些传言。我知道 Moon 不会回来了。其他男孩也完了，不再有任何希望了。换作 Moon，他永远都不会同意那样的计划。"

"这样的合作对他来说的确是不可能的,"她话里略带惊讶,"Moon是不会妥协的。但他也不懂得如何向他人提要求。他的作品更细腻、微妙。他像一种化学剂,只是单纯地存在于他们身边,便可强化每个男孩精神里最独立的品质。这就有了深层的碰撞,唯有这种碰撞才能由个体间诞出协调的哲学。但现在,离了Moon,其他男孩只能再次分裂成孤立的个体。"

"你也爱Moon。"我说。

"和你不同,"她说,"不一样。我的爱花费了太多时间,包含了太多隐秘的转变。他或许有些苛刻了。他意识到自己诸多的过去,并试图在现世纤薄的表膜中将其调和。他一手改变了我的作品的方向。他耗尽了我的心血。有好几次,我拒绝让他进我的办公室。你能想象吗?"

"我不能,但我想挑战一下。重新爱上他。每一次。"

"我已经没有精力这样做了,"她说着,靠在椅背上,"曾经有段时间,单是愤怒就能把我从床上拽起来。现在,我让自己置身于男孩们之中,因为他们比我强大得多,比我美丽得多。我的精力被神奇地分解了,彻底化为碎片,他们就是那些碎片。但现在,他们逐渐黯淡,我的小星星们。我都不记得他们最后一次去十楼的房间是什么时候了。曾经，Moon 每天早上都会去那里，直到最后。"

"Sun 说男孩们被禁止进入十楼的房间。"

"这种说法很奇怪，"她说道，眼睛闪了一道光，"不，我的规矩很简单：他们只能被召唤到十楼。他们必须觉得自己不得不去十楼。"

"在那里会发生什么呢？"我问。

"这不属于我的职权范围，"她语气坚定，"每个人都有自己的方式来接受天降之物。或者说，他们都有自己的方式去追求更高的事物。谁能说得清究竟是前者还是后者呢？"

沉默笼罩了我们。她最后的话语在房间最远的角落回荡。我确信她独自住在这里。

"有些事我还是不明白，"音乐教授说，"你说你在找 Moon。但如果你知道他不会回来，为什么还要来派拉贡广场呢？"

"我不知道他在哪儿。"我说，"我只知道他曾经出现过的地方。但我知道我会找到他。我在十楼时，有什么发生了。我感觉自己离开了一个地方，进入了另一处。Moon 就在'别处'，我很确定。"

她眯起眼睛看着我。

"奇怪，"她说，"你长得很像他。不过，这世上有那么多人，我想有几百个人长得像Moon也是合理的。你长得和他一样悲伤。"她把手伸过来，撩起我白色枯萎的发梢。"看，你的头发在拼命呼救，"她轻轻掸掉我毛衣上的碎屑，"你一直在啃饼干吗？你见过能减肥的饼干吗？我觉得你最好不要长得像他。"

"我失败之处，他成功了。"

"你知道，"她口气强硬，"他只是一个人，一个存在于这个世界上的人。"

我坐直了身子。这是我第一次听到有关Moon的所在。

"这个世界的哪里？"我问道，"请带我去找他。"

"你不觉得自己很幸运吗？你不认识Moon，所以你觉得你能够了解他。因为你从未见过他，他便维持着完整的存在状态等待你。"她非常恼怒，让我无法理解。"有时候，我觉得Moon如果从未出生是最好的。那样他就还有一切可能。他就不会被消磨殆尽。"

"我不想要完整，"我说道，"我想要困难。"

音乐教授沉默了几秒钟。

"把你的证件给我看看。"她说。

我把O的身份证递给她。

"看起来，你并非一直长得像Moon，"她思忖着，"你做过整容吗？没什么好难为情的。这是个好想法。"

她从上衣内兜取出一张纸，拿给我看。

"这是 Moon。"她说。

我把纸拿在手里。是一张超声图。我怎么从来没想过要把 Moon 身体内部的图像挂在墙上呢？不过，那图像的比例无法辨认。我甚至分不清看到的是他身体的哪个部位。若是把这张图片当作地图，Moon 在自己的身体里迷失的可能性比在异国城市中迷失要更大。

当我想把图片还给音乐教授时，她举手拒绝。

"拿走它吧。"她说，"我没有其他能帮你辨认 Moon 的东西了。"

我无言以对。

"我真想体验一次你的感受。"音乐教授说着，把头靠在一只手上，"那种寻得出口的感觉，游走在体验的分界线上的感觉。我真想再有那种感觉。不过说实话，如果你最终发觉，希望自己当初留在派拉贡广场，我并不会感到惊讶。"

"你这话是什么意思？"我不安地问道。

她闭上眼睛。

"存在于我们脑海中的事物会更好。"她说。

然后她走了，走得很远，很远。

第 9 章 庇护所

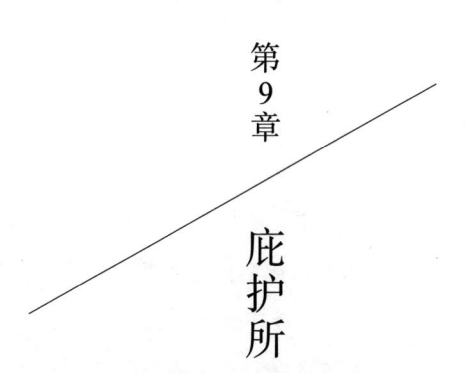

现在，我们同时存在于一个空间中，我才发现我并不知道要如何由衷地对他生发爱意；在此之前，这份爱于我的深切体会，是借由邈远的距离、单向的渴望才得以存在的。

穿黑西装的男人开车带我疾速驶离派拉贡广场。我问他去哪里，他没有理睬，而是把收音机的音量调大。一个女人的声音从滋啦作响的电波声中传来，告诉主持人，一看到她家门厅前一字排开的鞋子，她就感到羞愧，那些鞋没有一双属于爱她的男人。

我们沿着曲折的路穿过小城，周围尽是颓败的建筑，接着我们驶入一条荒凉道路，才离开这破败的景色。一个多小时过去，仍旧不见人烟。汽车轰鸣着，攀上一条杂草丛生的斜坡，一汪湖泊出现了，周围是青绿的山峦。我欣喜地意识到，大自然拒绝与错误的 Moon 为伍。这里，他的脸孔无处张贴，也不存在任何他可以为之代言的事物。眼前的景象已彻底剔除他的形象，廉价的复制品被一扫而空，只为迎接我的到来。我离他不远了，仿佛下一秒在干净茂密的草丛中，我就会看见他就站在那儿，孤傲，遗世独立。

汽车停在一栋两层楼房前。房子由交错的木梁建成，屋顶是黑色的弧形瓦片，另有一个石砌塔楼——看上去像是一栋韩屋，向四面八方延展，呈现出维多利亚庄园似的宏伟气派。一个中年女人在门廊上等候着，脸上挂着一副冷峻的表情。"我和 Moon 之间，又多出一个人。"我冷冷地想，又暗自下了决心，开始爬台阶。陌生人却给我一个拥抱，仿佛我们是多年未见的故人。

"教我怎么能不欣赏你呢？"她说道，"为了爱，你跋涉到这里。"

我讶异得说不出话来。她身上花香调的香水令我不适，我试着挣脱她，可她没有放手的意思。突如其来的疲惫击溃了我，我放任自己陷入她的怀抱。

"我几乎不允许外人踏足庇护所，"她说，"我曾为 Moon 破例一次，现在，我也将为你破例一次。"

即使女人松开了手，我们的身体也紧靠在一起。她的双手垂在我的肩膀上，似乎是因为戴了太多繁复的戒指，而需要在某处停歇良久；她的头发染成炽烈的红色，在头顶盘成一个发髻；她身上裹着紧身的丝裙，随着她丰韵的身体而叹息连连，像是在哀叹自己因助长她的美丽而被迫忍受这般起伏。她的确令人目不转睛。况且她也喜欢人们的注视，我的目光游走于她的裙身上，她也大方地回应我的视线。

"他在等我吗？"我问道。

"我什么也没说。一切皆是空白，是一个供你释放幻想的舞台，一个捉住行踪飘忽的心爱羚羊的机会——这些，就是我能提供的所有帮助。"

"我明白了，"我坚定地点点头，"如果一切都出了差错，我只能责怪自己，怪不了其他任何人。"

"没错，就是这样，"她一边说着，一边轻抚我的脸庞，"你颤抖的样子像匹小马驹。是不是很久没有人这样抚摸你了？别害羞，太过熟悉爱，恰是毁掉爱的原因。"

她温柔地抽身，轻轻拍了拍我的脸颊，似乎在说够了，足够了。即使她多摆布我一点，我也不会介意。我知道，再也不会出现一个如她这般的女人，再过一百年也不会。

"准备好了吗？"她问道。

"当然没有。"我回答。

"我也没有。"她猛地深吸一口气，眼中充斥着难以言喻的情绪。我不得不在漫长的不安中等她平复呼吸。她恢复镇定，大步走向前门。"跟紧我，这里很容易迷路。"

我跟随她来到一间装修考究的起居室。Moon 不在这里，只有一个头发花白的男人。他坐在轮椅上，佝偻得厉害，脸都看不清。他愤怒地喘着粗气，轮椅随着在地板上来回嘎吱作响。一旁的躺椅上坐着一位老妇人，眉毛画得像卡通人物。黑色的眉毛向上倾斜，一直划过太阳穴，好像她早晨站在镜子前对着自己发了一通火。此刻，她盯着前方，眼神呆滞。这对夫妇——假使他们是一对的话——并没有意识到我们的到来。没有任何交谈。

"他们出了什么问题？"我问道。

"你说什么？"女主人应道，"我的病人什么问题也没有，只是重新变成了孩子，但不是他们自己的错。人们总是期盼未来，幻想未来与灵魂伴侣相遇，或是未来去法国旅行，又有谁会幻想自己未来会患上痴呆呢？"

她继续解释说，这里住着三位痴呆患者，都由她照料。这间庇护所既不是疗养院，也不是诊所，由于种种原因，它处于法律无法界定的边缘地。其中最主要的原因是"护理员"——她这样称呼自己——从未接受过这一行的专业培训。此外，她拒绝安装相关的医疗设备——按她的话来说，那些设备"毫无风格，且毫无乐趣可言"。诚然，她的病人或许可以在大学医院里，借助高端的设备勉强维系一年的生命，但护理员从心底明白，他们在那里感受不到在此处百分之一的关爱。

"我希望我的病人,能在他们所剩不多的人生里,享受我亲手为他们创造的一方小小天堂。"她说道,"为了让他们享受最强烈的感官体验,我把空调开得很大,又打开地暖,让热量从下面传来。我的病人们吃得如君王一般,今晚的食物是龙虾尾。我还喜欢张罗一些难忘的活动,我曾经见过莉娜小姐骑在马背上……"

她开始照料轮椅上的男人,整理他的衣领,抚平他的头发。我仍然看不到他的脸,只能看到一滴口水顺着他的下巴缓缓地淌下来。我心想这是不是给我的某种信号,是他难以表达的思想渗出的黏液。

"Moon,"我嗓音沙哑,"是你吗?"

护理员转身看着我,目光犀利。

"我知道,爱会欺骗人的眼睛,但请不要对我的病人报以虚妄的空想。这位明显是高云先生。即便他拼命尝试,也无法成为其他人——他的灵魂是独一无二的。"她提高嗓音,"高云先生,我说得对不对?"

老朽的男人使出全力伸展自己的身体。他的脸上刻满深深的皱纹。他的一生定然激荡着炽烈的情感,定然经历过无尽的爱与不公。护理员弯下腰,用手帕擦去他下巴上的口水,她噘起嘴唇,似乎在求得一个吻。这女人正是一个天然的引诱者。她不是在对个别男人求爱；她的整个人生就是一场奇异的求爱，唯有死亡才可将她拒绝。擦完后，她把湿漉漉的手帕塞进蕾丝胸罩里。

"高云先生，你知道 Moon 在哪里吗？"她问道。

"我想知道，"他喃喃地说，"但我真的不知道。"

一阵沙沙作响的动静，躺椅上的女人醒来了。她身形枯槁，让我差点以为那是裹在棉布里的一根孤零零的胫骨，只显出一副已无法对这个世界施加任何影响的样子。

"Moon？"她张口道，"那是谁呀？"

"莉娜小姐，"护理员责备地说，"让我们看看，等 Moon 来了，你还能不能保持淡定。我看到你昨天晚上坐在他的大腿上了，舒服得很。"

护理员握住高云先生的轮椅把手，示意我们都离开房间。我紧跟在她身后，心中困惑不解。

"可为什么 Moon 会在这里？"我问道。

"我只知道，他需要一个能够平和、安静地生活的地方，"她耸了耸肩，"音乐教授对人们有一种诡异的感知力，她知道他们能给予对方什么。她知道我定会由他去，尤其是我压根儿不在乎那些舞蹈和歌曲。"

她鼓励似的拍了拍莉娜小姐的后背，然后转过身来，用阴冷的否定眼光看着我。

"在这一点上,我不得不承认,我真的不明白你怎么会爱上一个明星。毕竟我们已经过了做这种事的年纪了,不是吗?"

护理员带着我们走过一条走廊,走廊不断延伸,后来我甚至无法将庇护所蔓延的内部空间与房子的外观联系在一起。这里的空间像是由内到外扩展生成的。头顶上方传来低音量播放着的热情的番嗦哩乐曲[1]。华丽的音乐让庇护所拥有了历史博物馆一样刻意的戏剧性——至于是什么历史,我说不上来。

护理员和音乐教授从上学时就认识,和音乐教授一样,她在几年前彻底改变了人生轨迹。在开设庇护所之前,她曾是一个优哉游哉的家庭主妇,仅对自己的丈夫抱有"淫荡"的欲望。"幸福的几十年。"她皱着眉头总结道。但是后来,丈夫的思维开始退化,她只得眼睁睁地看着他硬把作为人的丰富过往挤入墙壁上的小小洞穴,最后只剩下一摊腐败的浆糊。更糟的是,病症又为他留

---

[1] 韩国民间一种传统的叙事说唱音乐。

下了一丝意识，使他在弥留之际尚可意识到，自己的人生输得一败涂地。

"我独自留在世上，心也随之延展至陌生的地方，"护理员说，"我别无选择，只能建造这座庇护所——它是我人生的杰作，我为它倾注了全部的心血。我曾收到上万封申请，它们用各色令人心碎的风格记录了痴呆的种种，但我只选择了自己最中意的三个病例，其余的都扔进了垃圾桶。现在，高云先生、莉娜小姐、洙国先生和我在一起，我余生只会为他们倾尽心力，再也不会有其他人。"

她说，衰老本就是件糟糕的事情，再加上脱缰的思想、放浪的创造力，最终人人都会像她的病人那样，变成一坨粗鄙、丑陋的残骸，在被聚酯纤维日渐侵占的文化界限上腐烂。

"每个人都想要索取，但没有人能给予，"她说，"人们渴求被触碰，渴求感知与深度。可没有人能予以满足，因为他们乞求的人也在忙着乞求别人。这个世界就是一连串的乞求者。我已经把我的病人们从这一恶性循环中救出来了。为了他们的福祉，我打造了这个世界。我为他们的人生注入过剩的能量，以抵消他们长久以来经受的严重失衡。"

一只骨瘦如柴的手摸上我的胳膊，我吓了一跳，转过身，发现莉娜小姐空洞的灰眼正可怖地贴近我。

"你有我弟弟的消息吗？"她问道。

"抱歉，我根本不知道你弟弟是谁。"我回答。

"我必须找到他。我必须马上就走。"

她转向一边，想要离开我们，结果面对的却是一堵墙。

"好吧……他在哪里？"我问。

"我把他放下，因为我的胳膊太累了。之后我就看不到他了。周围的人太多太多，大家都慌着逃跑。要是我的胳膊更有力气，一切都会不一样……你确定真的没有他的消息吗？"

"我——"

"莉娜小姐，"护理员打断我们，"你为什么不给我们带路呢？吴雪小姐是新来的。"

老妇人步履蹒跚地沿着走廊走，护理员开始向我解释，莉娜小姐的大脑衰退至失去辨认能力后，就开始说起这个"年幼的弟弟"。奇怪的是，她逐渐遗忘日常生活中的点滴，却唯独记住了那个她花了一生想要遗忘的回忆。她的丈夫和子女之前从未听闻这个弟弟，甚至无法确定此人是否真实存在。不过，他们的想法不重要。他们一次都没有来看望过莉娜小姐,护理员尖刻地指出。

走廊通向一处圆形前厅,前厅里有三扇门,通往三个不同的房间,病人们可以在房间"心随所愿"地做事。护理员把这些空间视为他们的"工作室",是干枯无趣的现代景观的裂纹,让她的病人们得以如野花般绽放。在外面的世界看来,她的病人是所谓的痴呆,而在这里,他们是饱受赞美的艺术家。

她带我们走进高云先生的工作室。墙上钉满铅笔绘制的草图,描摹着难以辨认的凸起物体,又都带着些许细微的变化。若是没有护理员的解释,我根本猜不出它们是女士高跟鞋的细跟。高云先生再也画不出笔直的线条。如今一切不同往昔,那时的他是炙手可热的女鞋设计师,深谙如何让女人享受腿部线条被拉伸的愉悦。他曾说过,他理想的顾客是那些"高傲的女子",能借由他的创造而化成光艳却摇摇欲坠的建筑,最终,她们会屈服于自己真实的欲望,带着目的恰好倒入某位被选中的男性臂弯。这,就是高云先生为全世界制造爱情故事的方式。

我看着老人以惊人的活力推着自己的轮椅,来到一处玻璃柜前,里面陈列着他最新的作品,那是护理员特意找人制作出来的。这双鞋呈扭曲的形状——可怜的鞋跟像是被人折断，鞋底也比正常的尺寸宽了四倍。

"想要试试吗？"护理员问道，"我觉得你穿上会很好看。"

"穿着它我会摔倒，"我惆怅地说，"倒下也没人接住我。"

回到前厅，我们看到莉娜小姐正一圈圈地踱步，四下张望，仿佛嗅探到空气里有什么东西。我向护理员投去询问的目光，但她示意我别出声，随即将耳朵贴在第二扇门上。

这间工作室属于我还没有见过的洙国先生。即使是在痴呆患者中，他也算"十足的古怪"。很难判断哪些是痴呆的表现，哪些是他的本性，又或许他打一出生就患有痴呆？"或许如此。"护理员怀着深情思忖着。即将步入四十岁时，他未能发表一首自己的诗作，还经历了两次离婚。最终，他辞掉高中地理老师的工作。他因其"不同寻常"的课程，而在那所学校声名狼藉。

在庇护所，洙国先生继续着他的工作。每天早晨，他都会出现在工作室，等待他的学生到来。他的教学法的根本，在于每个学生要与一个异国的同龄人进行长期的书面通信。通信内容没有任何规定。他只要求学生不得交换照片，不得互通电话，当然也不能乘飞机去会见笔友。课堂上，学生们必须大声朗读他们收到的每封信。最好不要打扰洙国先生，除非我们准备向他展示最新的"研究"成果——护理员说着从门口走开。老先生对这项练习一<u>丝</u>不苟，绝非当成儿戏。他期待学生们的人生能在"精神笔友"或"异国探访"中获得转变。至于这一切究竟意味着什么，护理员说不出来，只是觉得他的课程很难叫人听下去。

"若是古代，洙国先生定会是个享誉全国的诗人，一位举足轻重的人物。"她说，"可是在今时今日，他是什么呢？什么都不是。"

护理员继续往前，走到第三个也是最后一个工作室。当她打开门，一柱纤细的光亮投射下来，莉娜小姐将我们推开，犹如液体一般由敞开的门缝中滑了进去。

几百株樱花树正值盛期，锦簇的花团遮住了工作室的天花板。阳光从五瓣的花朵之间淌下来，往地面投下摇曳的多边形光影。

最前方的莉娜小姐在林间穿行，而后消失不见。另一边，护理员远远在我身后，踱着从容的步子，伸手轻抚她为老妇人种下的树。樱花树长得拥挤，很难分辨一簇粉色花团是在何处结束，另一簇又是从何处开始的，一团团的难以分辨，在我头上盘旋。有时若是光线正好，花朵便会映出紫罗兰的光彩，每一朵都显出肉身般的坚硬，而我觉得自己仿佛一粒细胞，跳动于一个巨大的肺中。

我看到莉娜小姐正站在一棵树下。我只能从后面看她，她的肩膀因泪水奔泻而剧烈抖动。我本以为她是孤身一人，但两抹苍白悄然降临，缠在她的腰间。那是两只手，它们缓慢地伸出，在她的后腰际紧紧握住。一个人站起身来，黑色的发丝覆住老妇人的头顶。

"对不起，我花了这么长时间才找到你，"莉娜小姐说，"你一定不会相信，我抵达这里之前遇到过多少人，去过多少地方。把你弄丢之后，我的生活极力阻碍我去找你。这里有人需要我，那里也有人需要我……但你是怎么一个人过来的？快让我看看。天哪，你都长这么大啦。现在你得带着我到处走了。看看你的脸——多么迷人……你会原谅我的，是不是？"

"没有什么原不原谅的。我会等你，等一辈子。"

我的心怦怦直跳。第二个声音纯净如铃声，那不是人类的声音，而是一种空灵的神明之音，其他一切声音都由此蜕变而来。

男孩将下巴抵在莉娜小姐的肩膀上，看起来和 Moon 很像。他只穿了一条白色的亚麻裤子和一件白色 T 恤，仿佛将自己展露出来，任世人仔细审视。确实，我一直迷恋的种种细节都在这里：宽面颊，丰满的嘴唇，细长的眼睛。但我不能因为他与 Moon 样貌相似，就把他当成 Moon。事实上，他与 Moon 肖似，恰恰证明他不是 Moon。相似则不相等：倘若男孩真的是 Moon，我绝不会说他长得像 Moon，就像我从来不会说我长得像我自己。

脚下有一根小树枝，我用力踩，想看看会发生什么。男孩听到声响，望了过来。在我们两个人的生命中，第一次，Moon 注视着我。我过去总以为，只要他近在咫尺，我定会别无选择，只能宣告我爱他。可是我没有奔向他，我没有说一个字。现在，我们同时存在于一个空间中，我才发现我并不知道要如何由衷地对他生发爱意；在此之前，这份爱于我的深切体会，是借由邈远的距离、单向的渴望才得以存在的。我丝毫没有怀疑自己的情感，但那情感似乎端坐于高阁，无法凭直接经验触及。

他移开目光，表情依旧，仿佛我的存在同此处的树一般寻常。我的身体颤了一下，我不知他是否看到了我。但可以确定的是，如果向前三步，我也可以将他拥入怀中。一阵疾风吹过工作室，成千上万朵樱花簌簌作响。

周遭的声音将我裹住，那声响仿佛要穿透整片树林，延伸至我未曾涉足的生态系统。很难相信我们正身处同一个空间。

"让我再好好看看你。"莉娜小姐说，"这是真的吗？我真的好想你，简直不敢相信，我终于找到你了。"

她把他的脸上上下下轻轻地拍了个遍，仿佛要找出一颗切实隐匿在皮肤之下的肿瘤。

"不要怀疑自己，"Moon 说道，"我就是你认为的那个人。我根本不知道要如何成为别人。"

我躺在客房的床上，盯着饰有华美浮雕的天花板，浮雕上的小天使们将鼻子凑近一团团丰硕的葡萄。天气炎热，我脱掉外面的衣服，只剩内衣。

那晚早些时候，我没有去吃晚餐，而是待在房间里晃荡。我面对着镜子，一会儿陶醉，一会儿恐惧——因为 Moon 看见我的脸，看到了我原生的细节，看到了由我眼中显露的心绪。当我终于走下楼梯，透过餐厅的门，我隐约听见说话声——每个人都在里面。可我无法逼自己走进去。一想到在吃饭时，要跟 Moon 提一嘴——"你好，很高兴见到你"，我的肚子就一阵抽搐。我们又能聊些什么呢？我总不能像口无遮拦的记者，询问他为何退团。我需要的是寓意难测的婉转诗行，但又不能太过隐晦以至于他要向我寻求解释。我不想将 Moon 卷入自己拙劣的表演中。我感觉自己被彻底击溃，只得仓皇溜走，回到自己的房间。

现在，我躺在床上，被悔恨麻痹，为自己的愚蠢错愕。

终于快要睡着时，我听见一阵脚步声，猛然惊醒。头顶上，有人正沿着一条直线缓慢地走动，每走一步，地板就嘎吱作响。我知道那是 Moon。沉静的决绝，感性的怠惰——只会是他。随着他的脚步游离出我房间，脚步声弱了下去。但继而他又回来了。在我右侧一米左右的地方，他突然停下，继而又踏出脚步，走往对面。他是住在阁楼里吗？若是这样，那他的房间似乎是我的两倍大。我这儿童房大小的住处，被上方他的房间彻底环绕。

我屏住呼吸，静静地躺着，察觉到一股自抵达这里之后便未曾体会的激情。

他在我的房间上方来回走动，停步的地方越来越接近我的位置。这块木板——我的天花板，他的地板，横亘在我们之间，避免我们在强烈欲望的驱使下撞击对方。这世界的规则太过冷漠，只想将一切归于平衡，绝不会放任我们之间的能量聚集。难道我们总是要分隔两处吗？

然而我们仍旧赋予彼此以意义。我，是他的地狱；他，是我的天堂，即便割离也无法彻底。此刻我更加清晰地认识到，我们共处一幢房子，比以往任何时候更靠近对方。也许这块将我们隔开的木板，正是维系我们之间联结的唯一方式，但如果我们将它彻底毁掉，又会发生什么呢？

Moon 在我的正上方停住。一阵闷闷的杂音传来，像是两块洗碗布在相互摩擦。他是躺在地板上，将整具身体与我靠近吗？

我脱掉自己的内衣，视线越过下巴凝视自己的身体。任何事情都可能发生于这具躯体之上——黑暗中可能飞来一把尖刀，天花板可能毫无征兆地砸落。我用双手抚摸自己的腹部，既欣赏，又怜悯。我的双手——它们将去往何处？我抓住自己的上臂，如同一个苦苦哀求的陌生人。我无法使自己完满，我的身体亦无法使自己完满，可我又需要它，没了它，我将无法放肆思考，无法自在感受。我侧过身子，迅速地蜷缩成一团，将指关节含进嘴里，抑住哭声。可那声音并非由我的喉咙深处爆发，而像是从 Moon 的房间里飘落，降在我身上，将我化为一件发声的器物。

第10章 亲缘

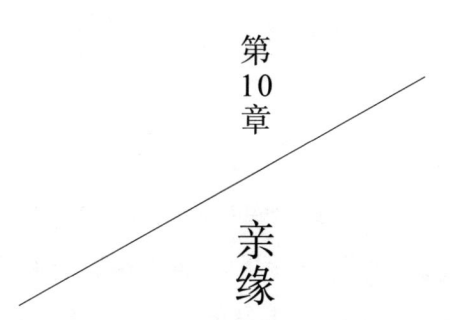

在幻想的隧道里挖了一米又一米后,我终于成功凿出一道裂缝,通向的正是他的领域,一股隐秘的讯息在我们之间涌动。没有人像我一样了解他。这不是合作,这是共谋。

一如往常，我从沮丧中醒来，心中惦念那件未完的艰难任务——在世界的某处找到Moon。随着迷蒙的雾霭消散，这项任务逐渐变得不再那么难以企及，我只需在庇护所附近寻到Moon。有那么几分钟，我迷茫得无法从床榻上离开。

一想到Moon正在这所房子里游荡，身边却没有我，我突然无法忍受，匆忙起身穿好衣服。不过他也许仍在睡觉。一想到这，我雀跃地跑下楼梯，怀着某种崭新的、瞬息间便可达成的可能性。

Moon并不在餐厅。而我，终于能亲眼见到洙国先生。他身形修长，脸庞如鹰般尖锐，一双出奇大的手交叠搁在大腿上。他似乎刻意让这双手与世界保持距离，好似担心它们会达成超乎他意愿的事。他面前的食物正在变凉。这时,莉娜小姐拽了拽他的衣袖,他转过脸,缓缓认出了她,好像她是隔着层层浓雾朝他呼唤。

"你知晓我弟弟的去向吗?"她问道。

"你不用担心,"洙国先生冷静地回答,"我确定他离你很近,比你想的近得多。"

长桌的另一端,护理员正在给高云先生喂饭,但他总将食物吐出来,询问现在几点了。我注意到这个平素镇定的女人,此刻也被扰乱了。然而,她还是回答了,而且每次都精确到秒钟。

"我怎么能吃饭呢?"莉娜小姐嘀咕起来,"我怎么可能吃得下?"

"我也时常这样问自己,"护理员认真地点了点头,"可是,我依然希望你们能够活下去。我支持你们活下去。并不是因为活着有什么乐趣。我们比绝大多数人都更明白绝望可以是多么惊人,如同冰晶的构造般完美又毫无意义,可终点仅在经受这些必然的痛苦后才会显现。"

我在房子里徘徊,寻找 Moon。奇怪的是,我并没有找到通往阁楼的楼梯。我忽而想起那座石砌塔楼,便来到屋外,感到一阵目眩猛然袭来,太阳正疯狂地炙烤着湖水,黏土似的湖面向四周铺开,延展数千米。很难相信在我寄居于庇护所之时,世界竟有这么大的变化。我绕着房子走了一圈，直到找到那座塔楼，把它的位置记在心里。但当我回到房子里，往塔楼的方向走，却总是来到厨房。显然，这间庇护所偏爱跟我作对，它说：烹饪吧，忘掉爱。

在莉娜小姐的工作室，我看着樱花在有条不紊地迅速衰败。周遭褐色的花团骤然凋零，尊严全无地发出呻吟。地面上堆积起湿漉漉的死亡，在阳光下散发蒸汽。衰亡来得这么冷酷，我甚至觉得工作室不是在历经季节的更迭，而是在倒退，退至表盘的指针归零。果然，Moon 并没有在树下等我。

但远处有脚步声传来。

我竭尽所能表现出魅力和优雅，好令 Moon 可以毫不犹豫地抱起我，带我离开。但注意到我的是莉娜小姐。我还没来得及道歉，她就一把将我拥入怀中，把前一天她对 Moon 说的话，一字一句地重复了一遍。我也以 Moon 昨天回应她的话回应了她。毕竟，让莉娜小姐相信我是她弟弟，比让我相信她是 Moon 要容易得多。当她起来端详我的脸时，她睁大了双眼，眼里似是满足而非怀疑。我看起来一定和她记忆中的人一模一样。

*

不管我去哪里，我都疑心 Moon 也许就在我刚刚离开的地方。我折回餐厅。在那里，我发现洙国先生重拾了兴致，正在饶有滋味地用餐。一个我从未见过的年轻女人坐在他身旁莉娜小姐的位置上。这个陌生女人的衣着难以理解：上身套着一件快消时尚 T 恤，描绘的正是充满乐趣的夜生活，下身穿着卡其色工装长裤，脚踏黑色的橡胶安全鞋。她的打扮混杂了太多元素，但又什么风格都没达成，甚至没有任何一件衣物凸显了出来。

老人似乎在告诫女孩：

"留在我的身边。你拥有出色的头脑，若能加以训练，会很快成为班上的佼佼者。在你身上，我看到了一个惊世思想家的苗子，可以为迷失的人点燃火把。"

"老师，我已没有希望可言，"女孩说，"我资质平庸，与别人没什么不同。当我面临抉择时，可供取舍的总是两个既不好也不坏的选项。我只能累倒在床上，进入无梦的睡眠。"

"你的灵魂必将凌驾于众人。"

"我的灵魂必须在今晚就去工作，我的灵魂需要钱，以及一间更大的公寓。"

我坐在他们对面，被女孩迷住了。女孩小巧紧实的身体看着像是属于一位水手：手臂拖拽绳索，姿势永远保持平衡；她乌黑的头发扎成了一根粗粗的辫子，绕过她的脖颈一侧，一直垂到腹部；她的皮肤如昆虫的翅翼般通透，但其纯净中并不含天真，而是蕴含着一种安静的英勇——一种没有保护，却依旧勇于抵抗生活，最终竟也毫发无损的英勇。在这片乳白的肌肤上是她乌黑的眼睛。

"你做什么工作？"我问，按捺不住好奇心。

"我在一家海鲜饭馆上班，"她说，"我通常在后厨，一手拿刀捅开死鳕鱼，另一只手捏住鼻子。我已经被禁止出现在饭馆的前厅。有太多顾客投诉，说我给他们上菜的时候，看起来像是要呕吐。"

"你不适合这份工作。"我认同道。

"我只是对那气味很敏感。我一闻就知道那条鳕鱼死透了。不过我应该习惯的。很快，我闻起来也会是那股味道。"

"你说这话是什么意思呢？"我提出异议，"你还这么年轻，一切还说不准。"

"有好几年，我在少年拘留中心进进出出，"她逗趣着笑道，"看来，我与这个世界接触的合理结果似乎是：

我被送回中心。容我想想,反正我已经出来几个月了。"

我惊讶地发现,护理员正望着年轻的客人,神情里是藏不住的怜悯。我试图想象这女孩可能犯了什么罪。也许是纵火吧。我感觉她有足够的自知,又在某种程度上缺乏自恋,会甘愿放弃掌控自己的暴力行为,会放任火势在自己的掌控之外不断蔓延。

"我还从未见过你,"她说,"你是谁的亲属?"

"谁的也不是。我来这里见 Moon。"

"Moon,"她说着,好像在唤醒记忆,"你是他的老朋友吗?"

"不完全是。昨天是我们第一次见面。但我一直想见他。"

她眯起眼睛。

"你是个粉丝。"她断言。

"不完全是……"

"你又完全是什么呢?"她说,"小心,若继续以这种说辞逃避,你会伤害 Moon 的感情。我会当着 Moon 的面,直白地告诉他,我就是他粉丝的反面。但他不应该往心里去。我没法去崇拜谁,只能看得到人们最坏的一面。"

每当女孩眨眼时,她的目光总会落在洙国先生身上一处新的地方,我却不见她眼睛的移动。老人咕咚咕咚地灌下一杯水,身子焕发出力量。他用餐巾纸擦拭下垂的嘴,摇身一变,成了一位上了岁数、举止优雅的电影明星。

"你真应该看看我父亲早年的模样,"女孩说,"大言不惭地讲,那时无论走到哪儿,他都被人们当作性幻想的对象。"

"所以,他不是你的老师。"我说。

"他曾经是。而且是个很好的老师。我想,比起做我父亲,他一直更想成为我的老师。你看,如今他的梦想实现了。他一定是明白了什么,毕竟我们的关系从未像现在这么好。"

她一只手放在她父亲的后脑勺上。

"老师,"她说,"咱们走吧。"

高云先生猛地抬起头。

"去哪儿?"他在桌子那头嚷道,"你们要去哪儿啊?"

"我们要去环游世界。"洙国先生说,从座位上矫健地起身。

"我也想环游世界。"高云先生说。

"抱歉啦,我的朋友,"洙国先生说,"可你实在是太衰弱了。"

高云先生向后仰头,闭上眼睛。

"我不衰弱,"他说,"我只是太累了。"

我们找到了Moon,他独自待在洙国先生的工作室里,身上穿着深蓝色的学生制服。他正站在一面黑板前,将一幅地图拉下来。工作室里胡乱地摆满了木头课桌。我惊讶Moon竟可以融入这个飘着霉味的房间。女孩没有打招呼,而是径直从Moon身边走过,坐在最后一排。她双手交叉,唐突地发出一声叹息,拒绝与Moon对视。我拼命猜想,他到底做了什么令她如此恼火。然而,洙国先生见到男孩很是高兴。

"学生会主席,"老人开口道,"我相信你已经把所有都准备妥当了,收支、考勤表,还有我的学生将会赢得的奖项清单。"

Moon深深鞠了一躬,以示回应。洙国先生继续走到房间角落的一张课桌前,只留下我一个人在门边踌躇。我不知道自己是否应该走上前,介绍自己是新来的外国交换生。Moon察觉到了我的不安,转过身,向我致以和煦的笑容。无论他接下来要说什么,我都准备好要将之珍藏。我已将大脑中的所有念想一一扫清。

"你好,吴雪小姐,"他说。

我止住呼吸。这是我们的第二次见面，他就已经能够认出我，这或许意味着他期待见到我。我想告诉他我真实的名字，想听到他亲口念出来。还不等我开口，坐在房间最后排的女孩喊了起来。

"这位女士从餐厅一直尾随我们，"她说，"我不忍心让她走开。我能嗅到她对人生愤愤不平的油腻气味——"

"梅花，"Moon 制止她，"别说了。"

"我真喜欢你给我命令，"梅花合上双眸，"我不想再为自己考虑任何事了。"

我惊愕地眨了眨眼。他们竟然说平语[1]。他们的语调甚至都产生了变化——更急促，更活跃。我曾在首尔地铁上的高中生之间听过这种说话方式，见过他们怀着狂热的秘密聚在一起。

"如果你希望我离开，"我脱口道，"直说就好。"

我有些难堪，一旦陷入窘迫，我就会抛出陈词滥调。

"别，请留下，"梅花说，"我只是好奇，做个像你这样的人是什么感觉。你以为自己很了解一个人，但其实对他一无所知。"

"可我觉得我认识 Moon 快有一辈子了，我了解

1　韩语中有敬语和平语的用法，平语一般用于同辈、朋友间交流。

他……"

"可太令人动容了,"她冷冷地反讽道,"你知道,我和我父亲拥有无限的时间去了解对方。即便如此,这么多年来,我们之间只有血缘。在我们了解对方之前,许多事必须发生:我必须失去我的名字,我必须完全变成另外一个人。而你说你了解 Moon——好吧,这在我听来简直不像话。"

这时,洙国先生拍拍手,示意大家注意。Moon 在第一排坐下,而我走到房间后面,缩在墙角,陷入痛苦。如果不是血缘关系,不是跨越时间的共同经历,那让两人走到一起的"许多事"是什么呢？令我不安的是,梅花似乎在表明,不管"许多事"指什么,那不仅是她和她父亲经历过的,也是她和 Moon 经历过的。

开始上课了。洙国先生指着挂在黑板上的地图。这是一张极怪诞的地图,洙国先生把世界地图切成几十片竖条,按新的顺序重新排列。最后出现的是蓝色和绿色拼凑出的笨拙产物。我辨认不出任何一个国家、任何一片海洋。蜿蜒的海岸线不见了,天然的地块消失了。延展的结构也不复存在。竖条间有零星几处绿色并不安定,时而挣扎着想要凑在一起,但最终又不可避免地被蓝色截断。

"当人存活于人生的深处，世界看起来就是这个样子，"洙国先生说，"倘若地理学优先考量直接的、物理上的体验，而牺牲了其他的一切，那地理学还有什么益处呢？你们的笔友，是你们并不只置身此处的佐证。你们同样置身于他们所在的地方。同样，他们也身处你们所在的地方。学生会主席，我希望你今天第一个读信。"

Moon在课桌前站起来，手里握着一张残破不堪的纸，像是被人从笔记本上粗暴地撕下来似的。他不得不把纸搁在桌子上，将它抚平，再开始朗读。

"亲爱的Moon，"他大声读道，"我给你寄了一个回力镖。别问我住在澳大利亚的哪里。我不记得我所在的城市的名字了。工作忙得要命。我多么希望餐馆能关门！有很多东西可以取代它：马厩、拳击馆、瞭望塔。挑一个你最喜欢的吧。我会确保下次你来的时候，你所选的能够出现。作为回报，你可以帮我完成少年拘留中心剩余的社区服务时间。比起我，孤儿们会更喜欢你的。你问过我，澳大利亚人的饮食、舞蹈、想法或呼吸是否有什么特别的。我怕是什么都想不出来了！除了回力镖。你最好别把它寄回来。就这一次，我希望回力镖别往回飞……"

Moon带着深深的肃穆，一直读到信的结尾。有时候，他读完一句话会停顿一下，可我并没有觉得这句话比之前的更重要。这是一封诡异的信，既亲密，又缺乏个性。个人的细节寥寥，但因此也越发显眼。我瞥了眼梅花，她正面带微笑地检查自己的指甲。

"所以，回力镖呢？"洙国先生问，"它在哪里？"

"噢，"Moon环顾四周，仿佛他一时弄丢了礼物，"它不在了……"

"你很幸运，"洙国先生严苛地说，"我本会把它放在膝盖上掰断。我是怎么强调的呢？严禁纪念品。你和你的朋友之间不可存在任何物品。"

现在轮到梅花了。她站起来，手里拿着一张平整的纸，密密麻麻地写满了黑字，正反两面都是。我一眼认出了那字迹。

这是Moon写给梅花的：

"致我心中的妹妹——不，不要告诉我你的名字。我们无须介绍。终有一天，我们会见面，既然我如此笃定，何不假设我们早已相见。我将未来植入今天的手臂中。不，也别把你的照片寄给我。继续当个幽灵，这样，你就可以无处不在……

"你询问我近期的消息。我有个游泳老师。我们不是订婚关系，不是那样的，从来都不是。这故事注定是关乎分别，而非关于幸福地在一起！就像我的身体与水。我天生不擅长游泳，无奈只能走路。我的每一次预约都会被即刻取消，我只能跟随那些行色匆匆的陌生人，把我的影子和他们的影子锁在一起，卷入一场无涉痛苦的战役。与我的游泳老师也不例外。很长一段时间，我只熟悉她的后脑勺。有一天，我正跟在她后面，她突然转过身，说她同意做我的老师。我甚至都没有开口问过。我也不需要。她已从我疲惫的脚步中得知，我早已厌倦我在陆地上取得的任何成果。

"我想让你对我的游泳老师有一个清楚的了解。她不是个漂亮的女人。她生有一条修长、弯曲的脊柱，这脊柱能使她如鳗鱼一般在水中游弋。她的一只眼睛比另一只大很多。可透过那只更大的眼睛，她能看见的却更少。在她身上一切本该匹配的部分从不契合。黑暗里，当她把手抚向爱人的身体，他会吓得尖叫起来，误以为房间里还有第三个人。也只有她那两颗大门牙是一致的。它们白如墓碑。面对为数不多她所爱的人，她会露出笑容，现出嘴中隐含的坟墓。你可以想象得到，她更钟情水下幽暗的日子。对于一个在陆地上过得一塌糊涂的人来说，她还挺开朗的。她说她时间不多了，说她在自身的巨大存在前无能、糟糕是多么痛苦。说话间她一直在笑，险些笑死。

"我们的第一次游泳课也是最后一次。她带我来到附近最大的湖泊。那是午夜过后。她站在岸边，脚边是把咕嘟咕嘟叫的俄式茶壶。她指向湖面，大喊'快下去'。她没有告诉我要如何摆动手脚。但我一直向她保证，自己会无条件服从于她。于是我蹚进湖水。当水深没过肩膀时，我转过身，等待进一步的指示。'然后呢？'老师在岸上喊道。我向后仰面倒下，睁开眼睛——无月的夜空下，湖水寂如一潭墨汁。我等待着游泳的能力出现。但我只能感觉到身体在下坠。多奇怪啊，我心想，我竟随时可以走向死亡。我期待着触地，腐烂。这一刻，却始终没有到来。我惊恐地意识到，自己完全处于停滞状态，浑身被水包裹。这恼人的孤独第一次触发了我的痛苦。我用手试着去抓头顶上的水，只想去改变什么，随便什么都行。

"接着它出现了。我的身体迸发出它内在的完美舞蹈。我从未曾考虑过这舞蹈竟是可能的，但在那一刻，我确信自己的一生都在等待它。那动作不属于我。我没有创造它，是它借由我而诞生。它以近乎侵犯的方式发生在我身上，赋予我第二次生命，让我带着崭新的认知奔向新土。我知道自己的身体在这空间里获得了某种安排，我的每个细胞充溢着健康，被真理所召唤——这怎么能不改变一切，甚至改变一张我鄙夷的面孔呢？然而，我必将付出代价，必须承受沉重的事实：我永远无法在陆地上，在我的生命中，重塑这舞蹈。

"我并不是在游泳。我意识到我的老师教授的并不是游泳。即使现在，我也无法说出她教授的到底是什么。我一直没有机会问。当我爬回岸边，她已经不在了……"

梅花读完后，仍旧低头盯着信纸，这些黑色字符令她进入光与影的迷乱。洙国先生闭着眼睛，我在想他是否睡着了。Moon 垂下头，仿佛每一个词都是对他的微小惩罚。

我的双手不可抑制地颤抖。所以 Moon 也一直在幻想这一切——不可表述的舞蹈，我的"Moon 之幻想"中的动作。在写了几个月后，在幻想的隧道里挖了一米又一米后，我终于成功凿出一道裂缝，通向的正是他的领域，一股隐秘的讯息在我们之间涌动。没有人像我一样了解他。这不是合作，这是共谋。

但我的喜悦无法脱离潮湿的苦岸。Moon 用简洁的、充满诗意的句子，表明是什么将我们联结在一起，但在他眼中，我也是个十足的陌生人。信就在那里，至臻完美，它是我们共同幻想的宣言，不容任何争辩。可信不是写给我的。事实上，要让 Moon 给我写这样一封信，必须从零开始建立一个完全不同的世界。个中讽刺尤为残酷。我们之间联结的证据深藏在他的信里，就像锁在一个玻璃盒内：没有任何东西遮住我的视线，可我无法碰到它，无法将它据为己有。

我需要找人倾诉。但护理员忙得分不开神。她和高云先生还在餐厅里，不过这会儿，她正帮高云先生整理铺散在桌子上的家庭照片。发现我在门口，她招手让我过去，解释说她给了高云先生一本相册，让他以最爱的回忆填满它。还给了他一把剪刀，如果有人伤害过他，令他无法原谅，他便可以将那人从照片上"清除"。

老人有一套惊人缜密的筛选系统。他会把两张照片放在一起，看着它们沉思良久，然后拿起一张，带着夸张的厌恶将其甩到地上。接着又开始新一轮的审核。他周围的地板上洒满了照片，只有少数留在桌子上，并不足以将相册填满。

我观察了两张正在角逐的照片。第一张照片中，高云先生站在一家鞋厂里，旁边挂着写有汉字的巨大横幅，丝毫没有工匠艺术的氛围。我想在他的职业生涯中，有时也不得已要妥协。第二张照片中，一个年轻的女子搂着高云先生，两人站在挂满葫芦的棚架下。我震惊地发现那女子竟是护理员。她穿着黑色高跟鞋，比高云先生高出一截。他有些发胖，面带红光。两人看起来像一对没有烦恼的妙人，不情不愿地走出他们幽暗的爱巢，来到外面几分钟。

护理员察觉到我脸上的表情。

"不用为我感到难过，"她说，"我像是一个被掩埋的创伤。或许他已经把我忘了，但他永远不会将我抹掉。他比自己以为的更加爱我……"

高云先生迅速将第二张照片扔到地上。护理员俯身把它捡起来放回桌上，假装把它还给高云先生，让他考虑。

我闷闷地想，我和护理员就在这里，在这幢房子里，不知疲倦地追随我们精神涣散的爱慕对象……突然间，那些来到这里后积郁在我内心的沮丧喷涌而出，汇成顿悟的急流，取而代之的是光辉的希望。Moon也许和高云先生一样，已经不记得他在这个世界上最爱的人了。如果这个人就是我，那也许我是因为无法承受他失忆的痛苦，才甘愿成为 Moon 的无名崇拜者之中的一位。也许这就是我始终抗拒自称粉丝的原因？若是这样，我痛苦的真正根源并不在于 Moon 永远无法了解我，而是他忘记了他曾了解过我。我只需唤醒他。可是要怎么做呢？我要如何让他想起一段即便我怀抱所有信念也道不清的回忆呢？

高云先生又处置了另一张照片，将它掷向地面。照片中，他站在一个停车场里，停车场大得延伸至画面之外。这处停车场定可以同时容纳上千人，就像足球场或巨型教堂。但画面中却没有一辆车。高云先生背对着镜头，脸却转了过来，臀部摆动于两个抉择之中——是走回来，还是永远离开。

第11章 修理工

我从哪里来并不重要。我是在用我的全部认识你。认识你是我此生最重大的使命。我热爱这个我憎恶的世界,只因你生活其中。

自演唱会之后，Y/N变得寡言、萎靡。拆卸老式钟表成了她的新爱好。她跑遍了首尔，从古玩市场上寻见很多钟表。她每次只带一个回家，并严格地遵守这个规矩。有一次，她不小心带回家两个，那两只钟表走动的细微差别险些让她疯掉。

回到家后，她像抱着一枚小炸弹一样抱着钟表，在公寓里走来走去。她伏在桌前，拿着放大镜，眯起眼睛，费心地将钟表一点点拆解。她将细小的金属零件整齐地排列在桌面上。Y/N利落地将一颗牙齿状的零件取下来，钟表立刻停止嘀嗒，她喜欢这样的时刻。一种超自然的寂静将她笼罩。她看着自己仍置于桌上的双手，几乎可以相信它们属于一张照片——相信她已从时间中滑走。她无法想象自己的人生可以再有什么目标。

她废寝忘食，一天天就这样过去。此刻 Y/N 躺在地上，周围是上百个被拆解的钟表。房间里光线昏暗，想必是夜晚了。忽然，门开了，有人走进公寓。是一个提着工具箱的男人。Y/N 极度虚弱，只能眼睁睁看着那个男人，看着他一言不发地从自己的身体上迈过去，看着他将钟表一个个重新组装起来。慢慢地，房间里充斥着各种嘀嗒声。声音愈加汹涌。嘀嘀嗒嗒的响声如此多样、纷杂——其中混合了几十只布谷鸟钟表的声音——末了，所有的音浪汇成一股。

时间，正以某种形式流逝着。修理工默默离开，一如他来时那样。等 Y/N 发现时，已经太迟了。

在步调不一的刺耳噪声中，她的心开始复苏。修理工修复的不是一个人线性的生命，而是一湍咆哮的激流，是永恒本身。湍流盖过一切，当她不留意时，耳中甚至辨不出其中任何一丝声响。上一次她有这种感觉，也是在几面墙中，是在她亲眼看见 Moon 那无法描述的舞蹈动作时。那一刻，她也瞥见了一丝永恒从覆裹在表层世界的美妙黑暗中渗出。在被唤醒的钟表之中，她幻想着将自己送走，像一只被放飞的鸽子，去往另一片领域。在那里，她会被困于自我的琥珀之中，再也不会老去，再也不会忘记自己的生日。

Y/N终于有力气站起身来。她环视整个房间，发现自己最钟爱的那只表不见了：一只怀表，犹如蚌一般不时开合，仿佛在告诉人们，有些时候时间是不该被知晓的。是修理工拿走了表。没了那只怀表独特的嘀嗒声——每秒四下，她听到有人在呼唤她。

她收拾好行李，离开了公寓，竖起耳朵寻找怀表。她寻找安静的地方，比如教堂或垃圾填埋场。每当有麻雀在她附近神经质地叽叽喳喳时，她就跺跺脚，撵走它们。她走个不停，终于到达一座规模骇人的城市，却没有发现修理工的踪迹，她只能接着走下去，一座城市渐渐变成另一座城市，继而变成又一座，直到Y/N精疲力竭，无法继续迈步，只能仰面倒在人行道上。她的行李箱像个听话的小跟班，偎依在她身旁。Y/N眺望蓝天的视线被尚未有人入住的崭新大楼所遮挡……

我放下笔，不知道接下来将要发生什么。

看起来，Y/N将无休止地辗转于不同的城市。她永远不会找到那个修理工，却永远不会失掉信念，坚信他就在这世界的某处，终将被她找到。单是这个信念，就意味着一切。不过还有另一种微小的可能，当她躺在那些公寓楼的脚下时，嵌在混凝土墙壁上的某扇窗户会倏地亮起。Y/N 会乘坐电梯，升入高空，发现修理工已经在一间公寓里等她。空荡的公寓里，只有一张他们必须共用的床。这栋大楼的其余三十层楼，都将会空着。

我被这一洞悉震撼到了：一定要让 Moon 读我的故事。在这里，在这本笔记中，有我们丢失的过去。在这里，在这些场景中，有象征了我们之间真切发生过的故事的光影。但是，接下来将要发生的事我无法想象，我只知道，在那个无法想象的未来中，我们终会在一起，一起远离世界，挣脱世界有害的引力。我们会在无限中相遇。我们会褪去肉躯，化为两具相向而拥的灵魂。我们一同将现实摒弃，随之我们便会达成任何粉丝和偶像所不曾达成的：相通的普遍性，完美的爱情。

我试着来厨房找他。出乎意料的是，Moon 就在那儿，站在案台前背对着我，他正往玻璃碗里打鸡蛋。我有想过呼唤他，但我无法接受以如此现实的方式乏味地使用他的名字。曾经，我上百次地唤出他的名字，但没有一次是直接对他说的，遑论用来鲁莽地要求他的关注。这个音节含在我的嘴里，像一声哀伤的慨叹。

"你在做什么？"我问道。

他转过身来，露出已就绪的笑容。

"没什么，"他说，"我只是想知道做饭是什么感觉。"

厨房的餐桌边有两把椅子，摆成直角靠在一起，像是有一对情侣刚用完餐离开，他们希望贴近对方的身体，又直观地看到对方的脸。我和 Moon 坐下来。

"有什么我能帮你的吗，吴雪小姐？"他问道。

我把笔记本放在桌上，翻开封面，推给他。

"我想让你读读我写的东西。"

"但这是用英语写的。"他低下头，看着第一页说。

"你不需要理解每一个单词，关键是掌握大意。不用着急，我可以等你。"

令我欣喜的是，他拿起笔记本，开始大声朗读。我喜欢他听来几近无法修正的浓重口音。读到"Y/N"一词时，他停顿下来。他试着将它读成"yin"，但随即一想，又改口念成"why en"。随着他一次次念出这个缩略词，我渐渐从这读音中理解了自己——带着气息的空幻的"why"（为什么），被结实的"en"拉进嗓子里。他似乎在发出疑问："为什么"我会存在？"为什么"我是我所是？

他翻过一页，继续读。当故事中的 Moon 出现在公交车站时，他句子读到一半，停了下来。

"你写的故事是关于我的。"他说。

"是的，"我说，"请继续往下读吧。"

他却翻回到第一页，重新开始。这一次，他朗读的气息里有些许不耐烦。之前他读得很大声，其中包含一种讨好的本能，而现在他是为了理解而读。偶尔，他会开口询问某个单词的意思。他一度以为 Y/N 代表"Yes/No"，其间的斜线象征主人公破碎的自我意识。在我解释完它的意思是"你的名字"后，他更加感到困惑。

"如果我要把 Y/N 替换成我自己的名字，那这是不是我与自己互动的故事？"他问道，"我有什么地方让你想到哲学家？我对哲学可一无所知。"

现在，Moon 已经读完了好几页故事。每当同名人物出现时，欣喜和疑虑便会在他眼睛里闪过。"谁更真实呢？是我还是他？"他问，"谁的人生更奇怪呢？"他一直读下去，期待故事"正确地描绘我"，仿佛这样可证明他向公众传递了一套完整的自我。他以此可以确信，他呈现在外的自我与他内心的自我相契合。可一旦故事描述准确，他似乎又因自己被了解透彻而感到憎恶。总之，故事人物做什么都不对。

他读到了一处场景：Y/N 赤裸着身体，骑自行车穿过柏林的街道。她从车上摔下来，滑倒在柏油路上。她用身体裂开后渗出的脓液烹出 Moon 的一生中最美味的菜肴。这是一种古早的求爱手段。

Moon 感到恶心，发出呻吟。"别太在意。"我说。但他在意的究竟是 Y/N 的行为，还是 Moon 吃下的东西，我没法确定。

读完那个场景，Moon 停了下来，用手指轻轻敲了敲笔记本，然后将它推还给我。

"似乎是个有趣的故事。"仿佛他是从别人口中听说了这个故事。

"你连第一章都还没读完，"我说，"请一直读到最后。我有好多好多话想对你说。可诉说是无益的，我想说的实在太多。借助这个故事，我可以一次性表达所有。等你读懂了，你就会明白，我比任何人都了解你，我在用一颗纯净的心爱着你。"

Moon 正仔细地审视我。

"我还是听不出你的口音来自哪里。"他缓缓地说，"你的口音听上去漫不经心，好像在开玩笑。但你说的话一点也不好笑。你语气里有种古怪的拘谨……没错，我知道是什么了，你说韩语像极了十年前的新闻播报员。你连最简单的词语的发音都搞不清楚。谁派你来的？某个公司？某个政府？不，我想不出有哪个组织会派你做他们的代表。我甚至想象不出你是某个人的女儿。我第一次见你时，就在想：这人如此古怪，如此模糊……就像一扇蒙着灰的窗……"

"我不是什么陌生人。你认识我。你所有的视频、照片和信息，都是给我的。请别露出那种表情，我说的是真的。那时候你还不知道，因为你并不知道我是谁，但你也不需要知道。我们之间的联结先于我们的存在。终其一生，我都在练习自己对你的情感。我的感知会完美地嵌入你个性的齿轮。"

"别以为我以前没听过这种话。"他说。

"不可能，"我恼火了，"没有人像我这样思考。你看。五个月前，我在德国看到你的视频。现在，我来到了这里。可我却觉得比任何时候都离你更远。我不想念你，因为我爱你。我爱你，因为我想念你。我曾深爱过我电脑屏幕上的空无，只因它容纳过你。"

Moon 的脸上既没有困惑，也没有理解。

"德国。"他重复道。

"这不重要。我从哪里来并不重要。我是在用我的全部认识你。认识你是我此生最重大的使命。我热爱这个我憎恶的世界，只因你生活其中。看到你跳舞，泪水会涌上来，但从未真正流出来过，更像是漫到了我的眼球边缘，让我看到不一样的画面。或许有人会说看到的是'不好'的画面，可我一点也不同意。你对我来说并非一样物品、一件玩具。恰恰相反，你对我来说过于真实了。我看你看得太多。说实话，很吓人——我永远不会不知道你长什么样子。与别人亲吻时，我常常感受不到任何波澜，可是第二天，我会被那个吻迷住，我对那个吻的感觉，比它真正发生时更强烈。我爱你，因为你就是这样一个矛盾体。正是在你缺失之际，你才深刻地存在。我想活得像你跳舞那样。你跳啊，跳啊，跳啊，哪里都不去。我想……"

我开始对自己的声音感到反胃。为什么我无法做到严肃而简单呢？又或者，是我说得还不够。也许交流是一项考验耐力的运动。我继续说道：

"我需要更多的时间。我至少需要一年的时间和你在一起。我们一起去哪里吧。你在哪里的粉丝最少？马略卡岛[1]？在我身边多待些日子，你就会知晓我是怎样的人。我们需要适当的空间和时间。这样我们就可以简单地存在。无须带着压力刻意去了解对方。我对我们之间的联

---

1 马略卡岛属西班牙，位于地中海西部。

结就是这么坚信着。一切将会自然出现……我多希望我们是通过共同的朋友相识的，多希望我们的家人去过同一间教堂。你难道没看出来我的境况有多绝望吗？这不是我的错。我只能以这样奇怪的方式去认识你。但你可以改变。你可以给我希望。"

Moon 的脸变得郑重起来。

"可我为什么要那么做呢？"他说。

"我明白，我还没有取得你的信任。但你无论如何都要相信我。就冒一次险，放一把火试试看。想象一下会发生什么。你就不好奇吗？哪怕一点点？"

"假设我同意你所有的提议，"他说，"然后呢？我一直对你很疑惑，吴雪小姐。我一直在问自己：难道她不知道，大老远跑到这里是个错误吗？难道她不应该和自己的朋友、家人待在一起吗？她为什么不回家？世界上有这么多地方——你为何偏偏要来这里？你在我身边找不到什么。我们两个人的未来永远不会有交集。"

"可是，我们的当下已经有交集了啊，"我说，"我们的未来怎么就不可以呢？尤其是我已经用尽自己的心力，确保它达成。你看到了，单是靠我自己，我就已经抵达这里。试想一下，如果你愿意配合，扮好你的角色，又将会发生什么？答应我吧。"

"听着,"他语调温柔,"我不知道你经历过什么。我不知道要怎样帮你。请你理解,我只是个人。但我会尽力帮你。尽管向我提具体的要求。我可以给你我拥有的东西,我可以跟你合影……如果是我能做到的事,我保证会去做。等你离开庇护所时,就不会觉得这一切是徒劳。"

倒像是在和某个善意的亲戚聊天。Moon 向我提出了无可争议的合理建议,像是摊开一套排列整齐的器皿,精美实用,被擦得光亮;他本该将我的幻想引至最极端的扭曲。

"为我跳舞吧。"我说。

"不行,"他说,"还不是时候。"

"难道你还没有休息够吗?"我沮丧地说,"你就不想念跳舞吗?你怎能受得了远离你的艺术?"

"我的确想念它。"他话里有些悲伤,"但有些事情是我无法控制的。这只能怪我自己。我总是要挑战自己的极限。每回 Sun 拍手计时的时候,我总会在两个节拍之间跳出四个节拍的舞步。我看过很多自己的视频,那些不可思议的视频。有时我会双倍速度播放。如果我的影像能够以那样的速度舞动,为什么我的身体不可以呢?每次我加快舞蹈动作,Sun 都会生气。'你的心脏会受不了的。'他说,事实也确实如此。医生把我切开,将一个金属装置塞进我的心脏，小小的，像是猫咪的玩具。"

我感到困惑，思维变得迟钝。

"你再也不能跳舞了。"我说。

"我可没那么说，"Moon说，"我仍然能感到它就在我体内，在我深处，我知道如何跳舞，知道起舞前的那一刻的感受——即使现在，我依然栖身其中。但那一刻仅能维持一瞬，若没有身体的力量在一旁配合便会消散。但总有一天，我会强大到可以将它完成。"

我不忍听他的自我慰藉。他献祭自我的日子已经结束了。如果早就知道他再也不能跳舞，我不确定自己是否还会来到庇护所。看来，我的爱终究是有条件的。没有什么比条件更能让爱跌入现实，没有什么比让爱跌入现实更伤害自尊。我可以通过撤回我的爱来威胁Moon，可这种想法并没有让我觉得强大，只让我感到极度的脆弱与空虚。

"这都是幻觉，"我呆呆地说，"你再也不能跳舞了。"

他的嘴巴张开又合上，没发出一丝声音。然后他从椅子上离开，走到房间的角落，拿起一只黑色转盘电话的听筒。

"你要打给谁？"我问道，站了起来。

"梅花。"

我穿过房间，从他手中抢过电话听筒，将它靠在我的耳朵上。这块塑料削弱了周遭世界的噪声。另一端没有任何声音，甚至连忙音都没有。他从我的手里一把夺回听筒，把它紧紧藏在自己的胸口。

"已经太迟了，"我说，"我了解的一切，梅花并不知道。我知道你所失去的，我也知道你要成为怎样的人。"

"你想从我这里得到什么？"他大喊。

痛苦浮现在他脸上。我曾经在他舞蹈最深层的疼痛中目睹过这一表情。他五官上那一抹往日的光彩，如今只能令我心碎。我突然非常想念 Moon，我感觉这迅疾的情感会让我的胸腔开裂。

"我希望你是 Moon。"我说。

他把头转了过去，露出脖子。他的脖子上，一块肌肉有力地跳动了一下。我想象那跳动化作一个蓝色的灵魂，一路向下，抵达他的阴茎。阴茎尚未稳定下来，被这突如其来的入侵吓了一跳。我一直钟爱这条从脖子延伸至阴茎的线条——那是灵魂的通道。对 Moon 的爱再一次压在我身上。我抓住他的肩膀，深深吻住他的脖子。我的嘴唇在那片皮肤上探索，饥饿的欲望在一次次满足中愈演愈烈。我不知道自己要去往哪里，也不知道可以去往哪里。他的皮肤是条死路。

他将我推开。少年的残酷从他的眼中闪过。他呼吸急促，声音平和，但一点也不温柔：

"你为什么不说这就是你想要的呢？你是因为想要的和其他人没什么不同，所以感到羞耻吗？"

"不是你想的那样。"我向前迈了一步。

某个重物把我的头撞向一边。在各样痛苦的侵袭中，我眨了眨眼睛。透过泪水，我看到Moon将电话举过头顶，电话线颤抖得像受惊动物的尾巴。

一轮圆月将奶白色的光洒向四处。我侧身一翻，在床单上展开胳膊。今晚，我内侧的曲线格外柔软。我尽可能地放轻呼吸，担心错过头顶上方Moon的脚步声。一片寂静中却响起另外一种声音。那声音比沉闷的脚步声更轻快、更尖锐。

极微弱的金属咔嗒声。每秒钟响四下。

我从床上起来，跟随声音离开我的房间。声音引着我走下楼梯，回到厨房。这会儿，声音变成了每秒两下。我越靠近那只怀表，它的指针走得就越慢。它在用自己的方式指引我该往何处去。

我在厨房里踱步，不知接下来要怎么走。就在这时，我看到通向储藏室的门敞开着。我走进去，发现墙上摆满腌制蔬菜的玻璃罐，浸在液体中的腌菜缓慢发酵着。令我惊讶的是，我每走一步，隔间就变得更大。我朝里面走，越走越深，直到空间往右偏，一段曲折的楼梯进入视线。当我爬至楼梯的顶部，一路的环绕早令我眩晕，我发现自己正站在一扇木制的推拉门前，门虚掩着，留出一厘米的缝隙。我透过缝隙向内窥测。

我眼前是一个狭小的房间，正顶上就是庇护所的斜顶。梅花站在房间里，身着及膝的白裙，头发披散着，不再扎成发辫。在巨大的天窗边，月亮像个熟马铃薯的横截面，悬于湖面之上，为湖水和远处的山峦蒙上一层鲍鱼的光泽。梅花向窗口伸出手，轻轻拉上天窗。房间被锁在一片寂静中。

她俯身蹲坐在一块毯子边上。这时我才注意到，在一团纠缠的床单中，Moon 正仰面熟睡。他没穿上衣，一层细密的汗珠勾勒出他那轻缓起伏的胸膛。

嘀嗒声不再有规律，仅能隐约听到，正在逐渐消失。有时，耳膜中血液流动的声音甚至会完全盖住噪声。

Moon 闭着眼，依然留在睡梦中，身体却开始挣扎着从缠在腰间的床单里挣脱出来。等解脱了，他将双臂举过头顶，拱起背部，隆起肋骨。这时，我看到了它，他身体中我一直好奇的部位。然而，它的突然出现还是令我吃惊。燥热之中，Moon 的手脚伸展开来，呈星星的形状，阴茎却蜷缩着。它蛰居在自身的冬季，带着一股模糊而坚定的气息，好像饮完一整夜的酒，此刻正沉醉于奇异的梦中，无畏它在自身秘境里所要面对的一切。

梅花的一只手滑过 Moon 的胸膛，直至手指扣住他身体的一侧。她挂在那里，仿佛 Moon 是悬崖的边缘。她歪了下头，觉察到空气中的异样。她也听到了嘀嗒声吗？

阴茎开始膨胀，尖端渐渐露了出来，轮廓变得愈加锋利。原本眼皮般柔软的存在变得如岩石般坚硬。阴茎直挺起来，渐渐化为古时箭头的形状。它向周围投去恶意的目光，而它的主人尚沉浸在无意识中。Moon 的手突然从垫子上举起来。梅花没有转过头去看它。我盯着那只手，看它缓缓地落在她脸庞的一侧。她弯着脖子，陷于更深的爱抚中。

"是这里，对吗？"她说。

"还差一点。"

Moon 的手从她的脸庞滑落，落到她的手上。他握着她的手，勉强握了一会儿，领着那手沿他的胸口向下移了几厘米。

"这里。"他说，仿佛他的心脏是一处遥远的岸边。

第12章 纯粹的未来

我爱的不是他。我爱的是他的故事。这就是为什么我不知怎样才能写得好。如果故事已经完美,写得好又有什么意义?

从庇护所回来后,我曾考虑过买一张当晚从首尔起飞的机票。但我不知道我想让飞机将我带去哪里。我厌倦了旅行。我想要的,是追随某人或某物。

旅游签证将在午夜过期。我预约了下午四点去移民局申请在外同胞签证。但途中,我做了一个冲动的决定:走出地铁站,而不是换乘。站在通往地面的拥挤扶梯上,我感觉所有人都眯起了眼睛,困惑地望向耀眼的阳光,像是从防空洞里刚被安全地送出来,但一想到那些即将面对的明确责任,内心丝毫不感喜悦。

当O打开门时,我露出了愧疚的笑容。因为太久没有笑过了,我的脸微微生疼。她面颊枯瘦,脸色蜡黄,头发杂乱地绾成了一个圆髻。但我注意到,她的眼睛里闪烁着不寻常的力量。她移开目光,像是在避免伤着我。

她退到一边，让我进去。

客厅和我记忆中的不太一样。等离子屏幕换成了大得多的型号。屏幕没有打开，但它散发出一种丑恶的焦躁，迫切想恢复生机，而非安静地躲在房中。沙发被推到一旁，为一张电动按摩床留出了空间，看来O的母亲现在喜欢躺在这个新装置上，使劲扭头看新闻。旁边还立着一个低音音箱。我想象着这个女人把手贴在震颤的音箱网罩上，用皮肤感受她听不到的声音。

O的母亲似乎待在卧室里，房门关着。通往阳台的门敞开了。庞大的蝉群正发出强烈的欲求。庇护所周围一定也有蝉鸣，但奇怪，我已经记不得上次听到这声音是什么时候了。O的公寓似乎是这世上唯一能让我的耳朵恢复其原初震撼的地方。回到首尔后，我努力不去想起Moon。但现在，伴随着剧痛，我开始回忆起自己的身体是如何在彻底的错误中挨过那两天的。

突然间，传来一个女人的声音，那声音刺耳又娇媚，响彻整个客厅："你好，为了你的安全，为了你家孩子的安全，为了你家老人的安全，为了你家宠物的安全，也为了你家植物的安全，请在下午四点到六点之间关好窗户。你好，为了你的安全，为了你家孩子的安全……"这个女人听上去有些不耐烦，因为她的播报对象牵涉了如此多会死的事物。在她完整地重复过警示后,是一声尖锐的哔哔声。接着,外面的蝉又恢复了它们轰响的合唱。

"那是什么?"我问。

O指了指墙上的对讲机。

"大楼的管理员整天播放这条通知,"她说,"今年的蝉格外多,已经完全失控。树底下根本没法走路。到处都是蝉。太危险了,简直像在枪林弹雨中穿行。你一定是从大楼的另一边过来的。总之,有一家公司会派人来,往树上喷洒特别的化学药物。"

"特别在哪儿?"我问道。

"首先,蝉的腿会脱落,"O回答说,"然后它的皮肤会崩裂,内脏完好地滑出来,体内的液体会随即蒸发。一场便于清理的大屠杀。"

我抬头看了一眼钟,差五分钟四点。我想起了我在移民局的预约。我想假装还有拿到在外同胞签证的一线机会,其实并没有。我所在的地方和我应去的地方只隔着几分钟,但就是这几分钟内,一切皆有可能发生。

O站在阳台的门槛上,驻足观察一只附在纱网上的蝉。这只昆虫发出凶残的嗡鸣,像是在对O发出人身威胁。它像武装直升机一样飞走,又忽地从空中落下,仿佛故障失灵。更多的蝉开始飞至阳台,一只继一只飞来,仅作短暂的停留。仿佛树上的蝉群内爆发了一场内讧，现在它们试图独自行动，飞向高空，结果被困于一座又一座公寓楼暗淡的外墙间，失去毅力后又落了下去，重返愤懑的蝉群中。

差一分钟就四点了。室外，一台机器轰鸣着启动。O 似乎有些不情愿，最终还是关上了阳台门。

我们来到她的卧室。我坐在她的床边，环顾四周。灯是灭的，一丝阳光从房间里唯一的窗户里渗进来。她的画作全都不见了踪影。

"回到首尔的感觉真奇怪。"我说。

"你去了哪里？"她问道。

"别处。"

O 关上门，把手伸到门框上方，展开一张钉在墙上的白色床单。她抚平了褶皱，但对布料后凸起的门把手无能为力。她和我坐在床边，把一台投影仪放在大腿上。

"我也去了别处。"她说。

"真的吗？"我回应，"真怪，我怎么没有碰到你。"

"别处很大。"她说。

O 身上多了几分拘谨，似乎已不再属于她自己的房间。我能感觉到她的确去过别处，也许比我去过的地方更"别处"。甚至可以说，我压根儿就没去过别处。我还没来得及追问,她就开启了投影仪。

影片开始了。O出现在床单上,她扮演一个画家的角色。对于人生的方方面面,她不承诺任何事,也不相信任何事。她追求视觉上的嘈杂,只为画布填充白色之外的一切颜色。她拥有大师的技巧,可因缺乏完美的主题,这些技巧时而让她觉得无意义。她空有风格而无内容,空有气质而无使命,空有个性而无意义。

画家有一个朋友,是位作家,由一个韩国女人扮演,她长得一点都不像我。这位作家漫谈自己对一个男人的迷恋。作家和画家形成了鲜明对比:她无技巧,无风格,无气质,只是将自己过度交付于那完美的主题。她不说起那个男人时,就是在书写他。她肆意的行文,构筑于恍惚之间,逃逸于她的理解之外。她没有出现在影片中的挚爱,宛如一个旋涡,将她的艺术潜质卷走。

某一刻,作家说:"我将思维想象成一件衬衫。每个想法是一颗纽扣,或是一个扣眼。我们将想法契合为一,纽扣旋进扣眼,于是,衬衫的两部分彼此吻合,贴附于身上。但我想让我的衬衫错位,想让它附着在错误的位置。我想要的,是一切都不吻合,是纽扣进入错误的扣眼,我敬奉这一矢量。这矢量是未来。这就是我爱他的原因。那矢量如线一般，织成他这个人。他是纯粹的未来。我爱的不是他。我爱的是他的故事。这就是为什么我不知怎样才能写得好。如果故事已经完美，写得好又有什么意义？我只是传递他的故事，未曾增添任何成分。我保留了原汤的简单与浓郁。"

这些话我之前从未说过。作家操着厚重的韩语口音，用英语说出这些话。

另一个场景中，画家和作家站在儿童大公园的喷泉前，正在观看水上表演，公园的喇叭轰鸣着播出欢快的爱情歌曲。作家走上前去，站在一群孩子中间，身边的孩子们正在喷泉周围的水洼里踩来踩去。当歌曲演唱至副歌部分，她向空中伸出一只手，仿佛要从喷泉正中召出一根长矛。她的手重复舀水的动作，引着喷泉边缘的细流淌出，流向喷泉的边界。水流是她的舞团，她是水流的指挥。

孩子们纷纷退后，眼前这个自顾自玩耍的大人令他们不安。

当然，作家无法对喷泉施加什么实质的影响。但她对水流的喷涌表现出先知般的敏感，仿佛只消歌声继续，画家就能相信自己所处的这个陌生世界正掌握在她朋友的手中。难以捉摸的外部逻辑层层包裹着她，她只觉安心，因为那逻辑是爱着她的。

影片的最后一幕，两个女人在画家的卧室里。镜头透过门拍摄她们。一张画布铺在地板上。画家双膝跪地，趴在地上，凝视画布的边缘，仿佛那是一潭池水。作家越过她朋友的肩膀看去。此刻，画作——唯有画作，填满了屏幕。

画外音里，画家开始了一段独白。她说，画布上的第一笔献给了作家的左膝。此前，她画肖像时只从人物的脸部开始。这一次她将双膝全部画出来后，再诱骗它们说出自己所属的主人。它们毫不含糊地齐声表示，它们未曾见过主人的模样。它们只知道，她一直同一个名叫Moon的人讲话。这意味什么呢？它们也说不准。或许，她所有的朋友都是一样的名字——Moon。或许，她仍然和自己的爱人——Moon——躺在床上。或许，她膜拜的神明叫作Moon。不管他是谁，膝盖明白，若是没有了Moon，作家摇摇欲坠的自我就会崩塌。于是它们倾向于认为，这位Moon就存在于她的身体上。

听到这里，画家的脑海中闪过一丝灵感。

"我厌倦了脸，"她说，"是时候换个视角看世界了。我们为什么不先去看膝盖后面呢？我们相见何不以膝盖对膝盖,而是面对面呢?"

我起身向前,靠近床单。那幅画上是我裸露的背面。在画里,我有着浓密的黑色短发。我往左边侧头,看向后方,脖子偏转出极夸张的程度,你甚至可以看到整张脸。脖子上的褶皱如同螺钉上的纹路。我的头逐渐嵌入肩膀之间。但最奇怪的是,Moon 的脸仿佛从我的头上生长而出,顺势将我的脸挤向左边。他的左脸颊与我的右脸颊浑然一体。由于画作的视角偏向我的脸,Moon 的脸只能看到一部分,但那张脸可能也和我的脸一样完整。我和 Moon 共用一个头。我们都没有笑。

从未有过这样的画面:Moon 和我,融为一体。在画中,我们以其他情侣梦寐以求的方式完美相融。我们毗邻的脸颊融合为一——这比做爱更加性感。我以左耳倾听,他以右耳倾听。我们是彼此的间谍。世界与我们这一整体为敌。我们无须再孤身体验任何事。我们中的一个人笑了,另一个人也被感染,就这样一直笑得几乎停不下来,笑声越来越大,让我们共用的一对肺不堪重负。

我转身面对 O。

"让我看看那幅画。"我说。

O 没有理我。她的眼睛不离我的胸口。我低下头。投影的画面扫过我的乳房。乳房太小,并不足以干扰画面。直到影片结束，O才回应了我。

"但愿你也同意，电影比绘画更适合我。"她说。

O双臂交叉，在房间里踱步。我一再要求看那幅画，她始终不予理睬。房间外，每隔一会儿就有一种黑色物质喷在窗户上，像是有人在摆弄花园里的水管。

"O，"我催促，"快点。"

"那已不再是我的名字。"

"怎么，你现在又叫吴雪了？"

"没有。"

"好吧，那你叫什么呢？"

她在我面前停下脚步。

"我遇到了一个人，"她说，"我把名字改成一个只有他会用的字。这名字我花了好几天才确定。我想要两个从未结合在一起的音节。如果你曾打给我，那我很抱歉。但我必须切断电话。我必须关闭一切，才能专注于我此刻的感受，一种仿佛正在被活生生地炙烤的感受。不过，你必须继续喊我O，但我得提醒你那已不再是我的名字，即使你继续用它唤我。我要每个人都明白他们错了，这样的话，唯有他才能感受到正确。"

O用炽烈又单调的声音继续讲她的故事。把我送到派拉贡广场后,她陷入了一种奇怪的情绪。她觉得自己还没准备好回家。于是她从梨泰院的地铁站出来,一直走到深夜,看着与外国人挽着手的韩国人,踉踉跄跄地走在拥挤的街道上。就在那一刻,她看到了他。他走在她前面,决心独自一人。目睹他在一片焦躁的社交活动中的孤独,她被触动了。他蓝色长裤的裤脚早已磨损,黑色牛津鞋看似大小不一,一头茂密的黑发四处乱窜,带着崭新的不驯气息,像是他刚在某个情急时刻亲手剪下。O随他走进一家酒吧,来到舞池边幽暗处的桌子旁坐下,目送他走入喧嚣。蓝色的灯光在头顶无序地摇曳。男人时不时地从其他人晃动的脸间闪现。看着男人的脸被那些于她毫无意义的脸随意遮蔽,真是不幸。男人的美令O感到自己正在坠入一种致命的失衡。她点了很多酒水和食物,摆满整张桌子,这样她便可以因这种相较之下的平庸而心生厌恶,不会去碰触它们。一个普通得叫人害怕的男人走过来,问她的网络账号,但她闭紧嘴巴,与对方没有什么可说的——在那一刻,她身体的每个部位都执着地抗拒着虚拟。

他们的关系就是这样开始的。宋是个编剧,写些古装剧,但他有更宏大的志向,渴望去探究险恶的当下。O

讲述了我迷恋 Moon 的故事，激起他的兴趣，他提议两人一块将故事拍成短片。

"我们聊了很多很多，有时甚至忘了吃饭，"她说，"有一次，我们完全失去了时间概念，分不出外面是黎明还是黄昏。那一刻，我有种微妙的感觉，仿佛在世界上某个无人可抵达的地方只有我们两个人，完美地处于中间，同处黑暗之中。"

我不知道该说些什么。房间越来越暗。战栗传遍整座大楼，我轻轻咬合牙齿，连它们也开始打战。

"我为你感到高兴。"我终于开口了。

"好吧，可是我并不高兴。"O 说，"我总是想吐。真的有快乐的灵魂这回事吗？一个全然醉心于生活的灵魂？"

O 继续说道，她后悔鼓励我去找 Moon。彼时，她寂寞而愤怒，只想通过我来拯救自己。现在，她怀疑我坚持追寻只是为了佐证某个想法。但她自己对纯粹的思想早已失去了耐心。

"我想让你知道那是什么感觉，"她说，"我想让你和我一样，体验那种糟糕的感觉。但你正走向一个没有答案的地方。所以回来吧，将你的双脚踏入一直在此等候你的世界。"

"我要离开首尔了。"虽然这个决定早就下了，但到说出口的这一刻我才醒悟,"你应该跟我一起走。"

"不,"O说,"我不能那么做。明明知道你会令我迷失,却和你一起坐上飞机直线飞行,我一想到这就感到害怕。"

这时,一层薄薄的荫翳遮住整扇窗户。房间变得昏暗,难以看清O脸上的表情。疲惫在我眼中蔓延,我觉得自己险些要睡过去了。只有O的声音能让我辨清方向。而此刻,她将声音化作一把锋利的匕首。

"我希望我是玻璃做的,"我说,"那样你便可以将我看穿。无须一字一词,你就能明白我的感受。"

"更可能的是,我能看穿你,"O说,"便也完全看不到你。我会忘记你在那儿,然后像撞上一堵玻璃墙那样撞上你。肉体构筑了一种交易,它让你可以见到眼前的人,你却全然不知这个人的意思。"

她蹲在我面前,仰头凝视我的脸。

"O,"我说,"给我看看那幅画。"

"你已经看过了,"她说,"在影片里。"

"我想看看实物。"

"你都不清楚自己要的是什么。"

O轻轻推开我的腿,把手伸进床底,伸向很深的地方,直到她的头也随之消失不见。她和画一同出现,画布上方只露出她的一对眼睛。我花了好长时间才看懂眼前的一切。我左膝后部的细节被描绘得格外生动，而右膝的后部是一个黑色的旋涡。

"总有一天我会将它完成，"她说，"我需要的只是时间。"

客厅里，我们发现O的母亲昏倒在阳台前。门又敞开着。黑色的物质弥漫于整个空间，在地板、墙壁和家具上投射出黑曜石的光泽。等离子屏幕看起来和以前一样，O母亲的黑色连衣裙也和之前一样，但她洁白的皮肤上满是化学物质的斑斑点点。她身上呈现一片无瑕的黑色光泽，除了嘴巴周围，那儿似乎被她用沾满污渍的手擦过。

O跪在地上，摇晃她母亲的肩膀。女人依旧双眼紧闭，她张大了嘴巴，喘气嘟哝着什么。她的牙齿洁白，舌头却是乌黑的。

O把她母亲的头抱在膝上，我走进阳台。漆黑的烟雾遮蔽了对面大楼的景色。空气中是股烧焦的气味。我等着警报声来临，但耳边只有远处玩耍的孩子们发出的尖叫声。